生活志文丛
第二辑

理想主义者

◎阿微木依萝

天津出版传媒集团
百花文艺出版社

图书在版编目（CIP）数据

理想主义者 / 阿微木依萝著. -- 天津：百花文艺出版社, 2022.6
ISBN 978-7-5306-8196-1

Ⅰ. ①理… Ⅱ. ①阿… Ⅲ. ①散文集-中国-当代 Ⅳ. ①I267

中国版本图书馆 CIP 数据核字(2022)第 039965 号

理想主义者
LIXIANGZHUYI ZHE
阿微木依萝 著

出 版 人：薛印胜
策划统筹：汪惠仁 张 森 封面设计：蔡露滋
责任编辑：沙 爽 田 静
出版发行：百花文艺出版社
地址：天津市和平区西康路 35 号 邮编：300051
电话传真：+86-22-23332651（发行部）
+86-22-23332656（总编室）
+86-22-23332478（邮购部）
网页：http://www.baihuawenyi.com
印刷：天津新华印务有限公司
开本：787×1092 毫米 1/32
字数：164 千字
印张：8.5
版次：2022 年 6 月第 1 版
印次：2022 年 6 月第 1 次印刷
定价：39.00 元

如有印装质量问题，请与天津新华印务有限公司联系调换
地址：天津东丽开发区五经路 23 号
电话：(022)58160306 邮编：300300

我们需要什么样的身体

——序"生活志"文丛

从出发点到归宿,陪伴我们一路的,是我们自己的身体。

生活记录在我们的身体里。

世界记录在我们的身体里。

生活与世界被我们怎样记录,我们就怎样被生活与世界记录。

我们要记录的也许太多,我们也许会抱怨笔墨不够;我们也许会担心,世界只记录了我们卑微的一面。

但始终只有一种身体是没有抱怨没有担心的:它看见了繁华,也目睹了凋零;它看见了洪流,也采撷了浪花;它无视成见,勇敢地踏入观念的"野外"……

——这样的身体,它无须抱怨,无须担心;笔墨也许会遗漏,世界也许首先记录的是你卑微的一面;但这样的身体,是敞开的身体,是生长的身体,是可以反观的身体,是可以由是反观"身体"的身体,是值得信赖的可以作为“生活志”的身体。

文字的身体固然不能全然跳出权力的叙述，但它可以努力展示自己与生活是怎样被权力叙述的。

汪惠仁

目录

秋尔微

秋尔微终于不用在马路上长跑了。那些年她一直在马路上长跑。她是我们当中跑起来步步生风的人。她的脚一抬,就像马的脚一抬,她的手一扒拉,就像马的尾巴甩起来,她脚下的尘土也就甩起来了。她起跑的时候我们要闭上眼睛——就像造物主要给我们恩赐什么惊喜——用这样庄严的方式。

秋尔微是被逼着往前跑的。她本人早就厌倦这种众目睽睽的长跑了。她时刻觉得羞耻、无助、绝望,还有悲伤。她的眼睛看我们的时候那么痛苦。我们不知道她眼睛里那些讯息。我们只一次一次抱着对她的信心:秋尔微,你可以的,你可以跑得比上一次快!

她是被她疯了的父亲拿刀追着跑。她是个孝顺的孩子,不忍心让母亲被追杀,她总是引开父亲,引到房子背后那条长长的马路上,这样就能腾出时间让母亲去哪儿求救。啊!跑了好多年了,如果可以像电视里运动员那样争取奖牌,我们的秋尔微至少能拿半箩筐!

我们只敢躲起来看:在路边的草丛中,在树上,在巨石高处,在秋尔微看到我们也不会出卖我们的地方。

她是个讲义气的人。

可我们不太讲义气。我们躲在树丛中像癞蛤蟆，躲在树上像鸟，站在巨石高处像白痴。我们是不懂正常人的义气算什么玩意儿。我们还小嘛。小小的人犯点儿错不算数。

秋尔微就在我们眼前跑,哈哈！一次一次,一天一天,又是白日,又是黑夜,又是清晨,又是黄昏,无论哪个时辰的日头和月光、雨水和雪,都打过她——哈哈！她跑起来真顺溜,被她的父亲——她真正的造物主——逼着向前狂奔。像个小小的夸父。像个无头的刑天。像个蝴蝶。像个蚂蚁。像个鬼。

我们有时候看得激动了会忍不住给她喊加油:加油秋尔微,你可以的,你比上次跑得快!

天知道秋尔微有没有听到。

也许听到了。

因为听到了她才哭。

天知道她的哭是高兴还是不高兴。

我们挺高兴。

秋尔微是我们当中跑得最快的。我们相信很快她会比更多人跑得快。我们这些人在她那儿简直像个屁,轻轻松松就被她放出去烟雾似的没有了——等着瞧!

可眼前她还不够快。

她还在众目睽睽中。

她还在我们眼前。

她想快一点，再快一点。就在我们喊“加油秋尔微”的时候，她恨不得飞起来。我们感觉到她恨不得飞起来。

秋尔微一边擦眼泪一边狂奔。

她的父亲嘴里也在喊口号呢。他喊的是：一、二、三、四……二、二、三、四！

他每喊一声就朝前猛追，嘴里会狠狠冒出一个字：杀——！

那“杀”字一起，我们就急忙缩起来。这个时候我们就顾不上去看秋尔微的情况了。我们蹲下去，双手抱着膝盖，脑袋缩进肩膀，就像乌龟那样，乌龟遇到紧急事情的时候就是这么干的，我们的父母也教过我们，遇到危险就把脑袋缩起来，人是靠脑袋活着的，脑袋活着人才能活着，我们相信这是经验之谈，上一辈的话总不会错。“人只有像乌龟那样才能活下来”，我们的想法就是这样。于是抱着头躲起来，躲在自己的身体里，仿佛除了脑袋其他地方坚不可摧。我们不知道人不仅要脑袋活着，心也要活着才行。我们不懂。

我们后来才知道，人的任何地方都必须活着才是活着。有时候丢了一个屁股也会丧命。我们后来才知道。

知道也没用！秋尔微在那儿被她父亲追杀的时候，我们仍然习惯性缩着脑袋，还相信脑袋就是命根子！

当然我们也很恐惧。我们缩着头的时候脖子都要断了，也很难受。

秋尔微早就跑得远远的了。当然啦，我们知道她还会跑回来，因为前方没有路了。她总会找到一条岔道绕过她父亲，杀一个回马枪。当然不是说跟她父亲硬拼，而是往回跑的时候也照样超过她的父亲。疯子嘛，总是干不过正常人，如果他追着追着前方突然窜出一条狗，他就追狗去了。他总会这么干的。他会把狗当成秋尔微。

所以我们才不敢露面。我们既不想当狗，也不想当秋尔微。我们躲着他才是对的。

秋尔微往回跑的时候脸上都是尘土，哪一次都一样，因为这条马路上什么都不多，就是尘土多——啊，羊粪蛋也多，牛屎马尿也多，但都没有尘土多。她还有臭烘烘的汗水，白天跑近我们眼前，必然是那样一张花猫脸。如果是晚上的话好一点，晚上就看不到尘土了，如果有月亮，月光就会像慈母替她掩盖一切。我们就看不到那熟悉的疲惫模样，只看到仿佛小了许多的影子。

晚上的秋尔微才会让我们突然感到可怜。沉寂于我们体内的良心会猛然蹿到嗓子眼儿，让人心里空落落。只有这样的时刻我们才会避开所谓的"危险意识"，才会失去理智，才会从巨石高处、草丛之中突然蹦出来，跟秋尔微一起跑。这个时刻的秋尔微脸上会有笑容。她也会更加讲义气，让我们赶紧躲起来。我们也突然好像理解了什么，怎样都不肯抛下她一个人。

越是黑夜才让人惊醒。就像做了噩梦也总是在黑夜里醒来。忏悔都是在夜里进行的。白天的人像癞蛤蟆，丑得不成样子，但心里都装着惊世的美梦。

秋尔微后来就不用在马路上长跑了。她的父亲死了。摔死的。死在悬崖上面一条溪水旁边。为什么要死在那么陡险的地方也只有他自己和老天爷知道。反正他死了就死了吧。众人将他就地焚烧。溪水每年将他冲刷一点,最后就什么都没有了。

而我们每次走很远的路到了溪水瀑布(它从一块巨石上面流下来形成了薄而绵长的瀑布)——也就是焚烧秋尔微父亲往下五十米之处——都会喝一肚子溪水。秋尔微自己也喝。我们都太渴了。我们都坚信秋尔微父亲早就不是疯子了,他不会再从一把泥灰重新变成一个疯子,再拿刀顺着水流追杀任何人,他和溪水一样干净和清甜,就像流动在秋尔微身体里的血液那样,没有杂质,没有发疯,没有使她怨恨。他成了清澈的山泉,像个真正的秋尔微的父亲,也仿佛是我们敬爱的长辈。当然我们也犹豫过。当天气变得很灰,就要下雨的时候,我们就不会喝溪水,这条融合了秋尔微父亲性命的溪水会变得混浊,会让我们感到恐慌,就像我们体内那些流动的血液也会突然冲到脑门儿,使人脾气暴躁怨天恨地。我们也恨他的。不管他是秋尔微的父亲还是谁的父亲,我们都排斥这样一个疯狂的人。可是血液缓和以后,我们又会同情这样一个突然发疯的人。他追杀秋尔微是我们看到的,说不定在他那里,他自始至终追杀的是他自己。

秋尔微对于她父亲的死没有特别高兴。我们还以为她会高兴呢——啊,该死的,可耻的,冷血的,我们居然希望她高兴!她为什么要高兴?那是她的父亲。

秋尔微也不悲伤。那虽然是她父亲,可也是追杀她的父亲。像个造物主嫌自己做的手工不好要毁掉。她是差点被毁掉的人。

之后我们就跟秋尔微少有联系。她没有在马路上逃命,自然就吸引不了多少目光。悲痛总是曝于人前,沉寂的日子从来吸引不了任何人。

阿敏

她是勇敢而美丽的姑娘。在我们之中特别显眼。她也是娇弱的人,有疼爱她的父母,可以撒娇任性,可以跟哥哥们干架。

我们羡慕她有独立的小房子——一间工整的三角形草棚——在学校旁边那个陡斜的山坡上。她一个人住。她可以在房子里做任何事,比如喝酒。

学生是不让喝酒的。但是阿敏喝。她的零花钱都用来买酒了。当我们好不容易得到父母赏赐的五分零花钱,傻兮兮地趴在土灰色商店那个狗洞似的小窗口扯着破锣嗓子跟老板娘说,嗨,老板娘,给我来一颗水果糖,要红皮纸包装的!将水果糖含在嘴里的时候,总会撞见(当然不是每一天,但总会撞见)阿敏借着她父亲的名义来买酒,她扒拉我们站到一边,就像扒拉什么烂菜叶,看也不多看一眼,仿佛不认识我们,然后,从窗口取走酒瓶子,冷酷无情地握着她的酒瓶子从我们身前走开了。

在她独居的小房子里,谁也管不着她。夜间点起油灯,不敢烧很大的火堆担心房子着火,烧小小的火堆,在里面一个人喝酒。

她的三角形草棚里面的"房梁"上总是插着一瓶装了酒的塑料瓶子。我们时常去做客。主要是去看她喝酒。我们还不太习惯酒的烈性。当她从房梁上伸手取出那个塑料瓶子的时候,我们简直想要鼓掌。她那个样子跟电视剧里面的女侠一样,也是在这样昏黄的火光旁边,女侠都用这样的神色喝酒:一张忧愁的面庞。仿佛她们明天就要离开江湖,隐姓埋名。阿敏的神态让我们看得不太开心,又忍不住要看。她总能勾出我们沉寂在心底的一些味道。

阿敏仰着脖子准备喝酒时,总会带着骄傲以及一些开玩笑的嘲讽语气说:你们来点儿吗?

我们说:不!

小学就要毕业了,真的不来一点儿吗?她又说。

我们说:不!

我们算了一下,离父亲们告诫的十六岁之前不许喝酒还差七百多天。于是我们跟阿敏说,我们距离该喝酒的年岁还差七百多天。

阿敏瞪大了她的眼睛。

后来我们也喝上了。

水变成酒以后真他妈难喝!我们说。

阿敏瞪大了她的眼睛。无法理解我们对酒的评价。

酒是世间最好的东西。她说。她说得好像已经喝了好几十年,是个有经验的老酒鬼。

阿敏比我们长一岁。她上学比我们还要晚。小学快要毕业了，但是我们之中有人已经过了十三岁。阿敏就是过了十三岁的人。

她开始发育了，胸脯那儿跟我们不一样了。

啊哈！我们说，阿敏，你跟我们不再是一伙的了！

可是很快我们就是一伙的了。我们也开始发育。

我们感到饿。时常。

好多年了，高山不是多雨就是多晴，庄稼不是旱死就是涝死，父母唉声叹气灰头土脸，脾气上来闹着要离婚分手到外面闯荡，我们要是跟他们多说几句闲话就可能招致一顿打骂（他们正需要一个出气筒呢！），粮食收成不好，屋顶的烟囱如果流不出炊烟的味道那必然就是贫穷的味道。可我们需要大量的食物，热腾腾的，冒着烟儿的，口感无所谓只要能充饥。可我们没有多余的食物。除了食堂里那点儿可以续命的东西。

白色的去了谷壳的大米，金色或白色或杂色的去了壳子的玉米，绿色的豆粒，肉色的洋芋，土黄色的番薯……我们想象这些东西堆积如山，让我们吃不完。

阿敏说，喝醉了就不饿。

我们恍然大悟。果然喝醉的时候并不知道饿，还有点儿——哈哈！天旋地转地高兴！原来她就是这样抵挡饥饿的。

有一天夜里我们实在忍不住饥饿，醉醺醺爬起来走在周围已经被收光了玉米的玉米地里。玉米秆东倒西歪，像是穷得站不住脚的穷鬼，哦不，像老板娘瞅见我们贼兮兮盯着她的商店小窗口时忍不住破口骂我们的那句话:小穷×崽子们!

(她的商店经常丢东西。我们知道的。但不是我们干的。我们只是想干。)

这些玉米秆就像我们的化身啊——小穷×崽子们!就算到了土地上仍然一穷二白!

不行的,这样是找不着的,不要直着身子。阿敏说。

你们要弯腰才看得见,在倒下的那些秆上可能有。阿敏说。

我们早就站不住脚跟了,东倒西歪,放慢脚步。

我们走着走着酒醒了。但是神情还醉着。因为月亮白花花地照着我们。

阿敏走在最前面,月光照着她,把她照得像只单薄的蝴蝶。她伸着脑袋像野猪一样在倒下和站着的那些玉米秆间拱来拱去。

她终于找到了。她说了一声“我找到了”,几乎把我们的魂勾走。

我们凑过去看了看,确实找到了,一个被踩秃顶的小小的丑丑的玉米棒子。原来,站着和倒着的秆子上早已没有粮食。遗落在这片土地上的粮食只可能是不小心踩入脚印窝里的。

我们就在脚印里找。

像是我们的父辈故意或者老天故意让他们在脚印窝里埋下粮食,他们的后代——我们,像土拨鼠一样在脚印里寻找活路。

那早已淡化的寻找粮食的感觉瞬间变成了流浪在海上的感觉。我们的人生像一片无边的水。我们听到自己心里的潮汐,听到风声,听到轰隆的雷声,听到有人在喊:过来,过来,过来……

我们站着不动,我们看着彼此,我们胸腔里充满酒的气味,我们眼睛里醉醺醺,我们抱着玉米,我们抱着黄金,我们抱着少年的干粮，我们抱着美丽的泡影，我们抱着希望，我们抱着天上的月亮——我们抱着一切,看着彼此。

阿敏微笑着,转头望着我们,像所有获得好运的姑娘,在月光下,笑容温柔好看。

我们回到三角形草棚,在门前那条小水沟里洗干净玉米,煮了满满一锅。我们又喝了一点儿酒。后来月光就熄灭了,我们太困了,我们好像做了同一个梦:躺在脚印窝里。

风、雨和月亮

有一天晚上下起一阵薄薄的小雨，雨后月亮出来了，之前是不停地吹风。就是这样一个天气不太正经的晚上，阿依陌扛着一根没有点燃的火把带我们到庄稼地里见识一下。

见识什么呢？我们问。

烧虫子呗。她说。

啊，好无聊！我们说。

阿依陌才不管我们怎么感觉呢。她扛着火把就像扛着一杆枪。

到了地里，阿依陌就像疯了，点燃火把举着它在玉米秆间窜来窜去。

我们说：阿依陌，停下来吧！

她说：为什么？

我们就不知道该怎么劝她了。她也确实好几天没有这样出来透气。白天她缩在屋里像只病猫，夜里她缩在屋里像个幽魂。好不容易在这样一个坏天气的晚上，她打算出来窜一窜。

随她的便。我们说。

如果她的父母活着就好了。我们说。

如果她的兄长活着就好了。我们说。

如果她不住在亲戚家里就好了。我们说。

如果她……我们终于找不到话说。我们不能体会寄人篱下的感觉,也不能体会失去父母和兄长孤零零的感觉。

我们觉得这样一个晚上,即使有月光也是糟糕的月光,不值得浪费睡眠。如果她不是我们最好的朋友,早把她扔这儿不管了。

阿依陌的火把烧到一半了,就要烧到她自己了。我们站在玉米地上方,打着哈欠,搓着冷手,所处的位置能完全看到这个今夜突然和天气一样失常的人。

玉米秆被她踩歪了,也有踩断的,咔咔响,断骨的声音——她第一次像个恶棍似的一点也不心疼粮食。头发也乱了,还摔倒了,又爬起来继续疯狗似的乱窜。

她会不会疯掉?我们想。

如果她疯了……啊,天哪!她会疯吗?我们说。

阿依陌的火把烧到她自己了。

——丢掉!丢掉!我们大喊。

阿依陌抖了一下手,火把掉在地上,大概她终于被火苗烫疼了。

我们走上去,看到她被火烧伤的手指,上面还留着火烟熏出的痕迹。我们说,你傻不傻呢?冷水冲一下吧,洗一洗,晾一晾就好了!

她没洗。但是她带我们到水沟旁边坐了好一会儿。

她始终低着头,看着夜里已经变色的流水。流水会带来一些树叶,她会伸手将树叶捞出来丢在一旁。

我们都不敢提起她很小的时候就死去的父母，以及不久之前她死去的哥哥——那个从悬崖上一跃而下,摔到深沟里的少年。听说那天晚上她哥哥喝了很多酒,一个人坐在月亮底下,也是夜雨之后,月亮发了疯似的钻出云层,他在那样一片清冷的月光下摔破了酒瓶就像摔破他再也不想继续承担的生活，丢下他唯一的亲人我们的阿依陌，卸下他年少肩上的重任，卸下他孤苦无助内心的巨石,自己一个人去死了。

阿依陌望着流水,什么话也不说。

我们望着阿依陌,也无话可说。原来不幸降临在要好的同类身上,我们自己也会感到窘迫和窒息。

今晚的月光太糟了——我们想——仿佛天上遭遇一场水灾,月光落到地面还夹杂着泥沙的味道,风一吹,那味道就钻进我们的喉咙。

她很久没有哭了。现在也没哭。

夜雨过后,月亮冷清清照在玉米秆上,玉米叶间还吊着小雨洗刷后留下的水珠,水珠含着小小的光芒。这样冷的晚上连虫子也不爱的。哪里有什么虫子。

回家吧。我们想说。又都没说出口。

她没有家。

回去吧。我们想换一个词。也没说出口。

她不再有归途。

阿依陌坐够了，也可能终于感到冷了，反复摸着先前被烫伤的手指，手掌盖在上面握在手心里，似乎那烧伤的手指从皮层下面冒出来的那一点点热量能温暖她。

我们都穿得单薄，在这样突然跑出来的晚上，谁也来不及加一件衣服。我们在发抖。阿依陌也在发抖。我们没有多余的衣服给对方保暖，我们都在风中受着凉。

走吧。阿依陌说。

她没有说“回家”也没有说“回去”，她只说“走吧”。

我们就抱着发抖的自己跟在发抖的阿依陌身后。松树林一阵阵传来潮水一样的声响，剩下的风都吹在我们的额头上，吹得头顶都要掀开了。我们朝着山路一直往下走，路在夜里看起来非常遥远，也很模糊，没个尽头。

碎屑

我蹲在草棚中的楼板上不敢下来。我母亲在楼下哭。她头发蓬乱像个疯子。这时候我们谁也不跟谁说话。她三十多岁,还很年轻,但山中辛苦的日子让她变得很瘦很黑,眼睛微微眍下去。我感觉自己像只没有翅膀的鸟,胆战心惊的恐惧长期伴随着我。我害怕我的母亲。她过得不幸福。因为她过得不幸福所以我也不幸福。

她以经常打我来获得暂时的平静。但是现在她没有打我。她说从今天开始她都不会再打我了。想到这儿我有点高兴。因为现在我十二岁满满的,昨天刚刚过完生日。按照这儿的习惯,女孩子长到十二岁还要挨打会遭人嘲笑。她突然开始顾及我的面子了。从十二岁这一天开始,我就可以像大人那样生活,不用再惧怕我的母亲。是她明确跟我说,我可以不用再害怕,看到她的时候不要总是露着一双像是她要吃掉我的那种哀怨的惊恐的目光。可是我没有感到平静。我望着棚子远处河沟里奔腾的水,听着楼下像是被我踩着的哭声,这混杂的声音让我感到不安,我又希望她上来打我。我和她只隔着一架竹梯子，只要她肯上来，或者我肯下去，我们又能像从前那样把这一天暴力地过掉。

但是我们谁也不理谁。我像一只小狼，早在心中下了决定，只要长到十五岁就远远地离开这个家、离开她。至少我也要住到远山上，与她隔着无数远山的山尖上。

她保证今后要像大人那样与我相处。她正在这么做。她坐在楼下哭的时候不再像往常那样掩着哭声。或许她希望我立刻下楼跟她并排坐着，讲一些安慰她的话。我有点舍不得楼上片刻的安全感。谁知道她会不会突然不遵守诺言再揍我一顿？她的样子看起来非常糟糕，一点也不像温柔的母亲——噢，我的记忆中她从来没有温柔过！她不停地在那儿数骂。“我这一生人……”她这样说，然后哭得更凶。

她骂累了。抬头用那双哭红的臃肿眼睛望了我一眼。我立刻低头与她对望。这是平时打出来的经验。她非常愤恨我不把她放在眼里，尤其她难过伤心的时候，她看着我，而如果我的眼睛总是望着黑黝黝的远山，这种态度就会令她万分绝望。现在我学得像大人一样精明，能及时猜到她的心思，让她没有理由再找我麻烦。她低下头，她说，你的眼睛长得和你父亲一样无情。

恐怕不止我的眼睛长得像父亲一样无情，连我的耳朵也无情。我总是听不见她的苦。她曾经郑重地警告我，也许哪一天她就要远走高飞，弃我而去。这话是从我三岁时候说起，后来有了我的弟弟，她还是这样说，再后来有了我的妹妹，她也这样说。反正她早晚要弃我们而去的。可我又非常清楚，明天她又会说一番别的话——等她哭够了之后，她的每一个明天，都会有不同但目的一样的说辞：我总不能扔下你的妹妹吧？虽然你这么大了可以独自活下去，你的妹妹还这么小，她像一条毛毛虫，饿死了多可怜！

这一天原本是来棚子里干什么我早就忘记了。我们不久之前搬到一个岔路口开馆子。在大路边租住别人的房子。生意极差，欠了些债。这草棚暂时弃于河边，得空才来搬东西。每次都是我母亲一个人来。这儿的东西搬得仅剩下现在我坐着的这些楼板。楼板已经劈成柴块。

不知道我是不是挪了一下身子，灰尘掉入她的眼睛。她猛烈地哭了一阵儿之后突然瞪着我。

我想求饶但没有作声。我早就已经有了超出十二岁年纪的成年人的心思。我总不能长期像一个没有长大的孩子，在棍棒面前低头认错。我没有错。我想。就算这一次她用很久以前那种方法，用一坨打不死我但可以将人吓一跳的硬泥疙瘩砸在我腰上，我也不会示弱。我坐在高处，差不多像是坐在她的头顶，就这么向下把目光落到她的脸上了。

她上了楼，将我从楼上拽住再提起来，用她平时对付山坡上的农活的蛮力，轻而易举将我扔到楼下。楼板离地面并不高，我像生了翅膀一样轻轻松松落地了。她自己没有下楼。她坐在我刚才坐过的地方揉着肩膀。那个地方过于低矮，草棚衬子把她压弯了腰。

接着，她居高临下跟我说话。她说有一天去了街上，带了平时积攒的所有钱,一只脚已经踏在长途汽车的门边,只要再踏上一只脚,她就永远甩下我不再回来。这儿的日子她过够了。我父亲当年让她有多少决心下嫁,后来就有多少失望离开。她受够了这儿的天空,狭窄,闷燥,受够了这儿的人,男的大部分是酒鬼,女的大部分像苦工。她说到这里停住,从楼梯走下来坐在我旁边。这是我们第一次近距离说话,她没有动手打我,我也认真在听。她伸出两只手,手心手背粗糙难看,像山沟里树上掉到地面揉皱了的树叶,被草皮割破的伤疤裂开一条条口子,她往口子上搽了一些百雀羚。她停了一会儿,不再唠叨,并且这时候河边吹来一阵清风,使我的脑子清醒起来,我想到她平时一个人孤零零在山坡上干活的样子,想到她在春天里,最该是一个年轻妇人穿着漂亮衣裳赶集或者坐在河边与朋友闲谈的天气,她却早早架了耕牛,踏着山中还没有落下去的凌晨五点钟的月光去耕地。那时我的酒鬼父亲还和他的酒鬼朋友在喝酒,他们大谈人生遭际,大谈这该死的山里的日子,他们像英雄一样气短,像狗熊那样借酒浇愁。他们每一天都这样过。我有很长一段时间喜欢跟在父亲身边。我喜欢看他们喝酒的样子。有一次我看见父亲喝醉了掉眼泪。可能他只有喝醉了才会掉眼泪。这是我母亲不知道的。比我父亲年长的人说,他们年轻时候也是这样度过,所有山上的男人在年轻时候都是这个样子,他们必须像病猫那样挨过一段岁月,等到突然明白了什么才会脚踏实地。我父亲应该开始明白什么了。他放弃这座草棚要去开馆子,肯定是想脚踏实地。

正当我想告诉母亲,我父亲已经开始转变,而我也像个大人那样有用了,她以后的日子会渐渐好起来,却就在这个时候,她突然发疯似的又开始骂人。接下来,她干了一件让我反应不及的事:她又要拉我一起去死了。在我的记忆中她总是寻死。上一次她想拽着我一起跳河。我不跳。这一次我不知道她要以什么方式来结束我的狗命。她说我的命和她的命一样都是狗命,都微不足道,都不值得活。

她的力气大过我的力气。可我不想死的决心始终让我狠狠地抱着一根柱子让她不能将我拖动分毫。河水的响声像刺刀一样可怕。我拼命地使出我十二岁的力气与母亲对抗。她要赴死,而我要活着。我们一拉一拽,谁也别想拖走谁。从来不知道在生死关头我可以这么有力。

你要走就走,也可以离婚。我对她说。这是我第一次当大人说的话。这些话我之前不会说,眼下这一刻突然会说了。她停住手,转头望我,慢慢地,过了好长时间,才伤心地说:果然和你爹一样,只有像我这样的疯子才会守着你们。

或许正是看透了这样一个无情的我,再拉我一起去死时,手上力量才会毫不犹豫增加了一倍。

你怕死吗?为什么怕死?她抹着眼泪。

我不死。我说。

反抗让我感到心情大好。我就是要选择与她不同的方式,与她对着干。我们僵持了几分钟,突然被一个老者拉开。那是个慈祥的好心的爷爷,他赶着一头牛从这儿路过。他简直像神仙一样及时出现在我面前。上一次我母亲拉我一起跳河,也是一位老者恰好赶着羊群(我忘记是不是羊群)经过,救了我一条狗命。我立刻退到草棚边,抱着之前抱过的那根柱子。后来我放开柱子重新坐到草棚的楼板上。

我母亲坐在地上,老者也坐在一块石板上。她跟他诉苦了。她总是跟人诉苦。总是那些反反复复在我面前说过的话又要跟人说一遍,而我也要跟着听一遍。

"我这一生人……"她说。

老者认真听完然后说,这儿年轻的男人前半生泡在酒里,靠它消烦解闷——年轻人心中总有一些想不通的事要靠酒精来消除——但是后来就会想通,他们会知道这儿的天和外面的天一样,这儿的日子和外面的日子一样,他们迟早会脚踏实地。你要有点耐心。你很快就要熬出头了,你的日子会像那些之前跟你一样觉得日子没有盼头的妇人一样渐渐好起来。她们也是这样过来的。没有什么好伤心。

老者说完赶牛离开了。

我母亲擦掉眼泪,情绪好起来。我已经不害怕了,从她的眼里捕捉到一种抱歉的神色。每次我们寻死不成,她平静下来的眼里有难得的温和。这种神色意味着之后一段时间她不会再找我麻烦。也许一辈子也不会再找我麻烦了。从刚才我们一拖一拽的对话中,我再次表明立场我要活着。

她走过来,爬到楼上,拍干净我身上的尘土。

我偷看了一眼岸边的芦苇和狗尾巴草,它们被风吹起碎屑,吹向河沟,吹到河水里去了。我走到棚子外面,身上也沾了一些芦苇和狗尾巴草的碎屑,它们也被风吹向河沟,吹到河水里去了。

“回去不要把今天的事情告诉你爹。”我好像听见母亲在身后这么说。也许她这次什么都没说,只是从前每回求死不成,她都要这么跟我交代一句,使我耳朵里早已装满回音。

骄傲的心

小脸司机虽然脸小，但五官端正、耐看。他二十三岁，拿着一张师范毕业证出现在蓉城。与他一起的还有三个年轻人，全是他的老乡或者同学。他们租住在我旁边那条陋巷里。之所以称为陋巷，是因为这位小脸司机第一次领我去他们那儿的时候，巷道中总是铺满垃圾，走路要学青蛙跳。每天都有一个骂娘的大爷在清扫，他看人的眼神非常气愤——“龌龊！”他说。我常被他这声“龌龊”吓得脚杆打闪。可我并没有干什么坏事。我敢赌咒从来没有在这儿造下一点垃圾，那些像牛屎那么大堆的粪便更是与我无关。但我的脚杆就是打闪了。因此我去拜访小脸司机的时候并不多。

我与他们很自然就认识了，这不必详细探问，几个不算丑的年轻男孩想认识一个女孩，他们总会有各种各样的办法：站在那儿打个口哨，像花喜鹊那样甩一下脑袋，自然会引人注意。

小脸司机就是站在那儿打口哨的人。我笑他。笑就是一种招呼了。

之后他总是来我摊子边讲一些笑话。我正是一个听笑话的年纪。我们站在路边,一个是失业的司机,一个是卖梨的小摊贩,说累了就吃梨解渴。

“成都太大了。”他说。

“地球才大。”我回他。

我们有一天说了这样一句闲话。我当是闲话,他却是一脸严肃的失落。他这天的脸好像有些肿。也可能不是肿,是他近日生活充满阳光,胖的。

“你找到工作没有?”我问。

“昨天一家私企老板让我去试车,倒车的时候把车子尾灯擦掉了。”他是望着天说的。

我没有安慰他,而是望着他的脚发呆。那只脚一定又把刹车踩成油门了。他总是干这样的事情。听他的同伴说,他从前就是这样失业的。我无法安慰他。我总不能说,嗐,你换一只脚好啦,这只脚不要了!我们生来就只有两只脚,哪怕它们时常犯错误,干一些掉尾灯的事,我们也只能拖着它四处闯荡江湖。像我的两只手,它们其实也充满敌意,在农村的时候,我的右手拿菜刀把左手食指剐了一半的皮肉,如今还结着一条长伤疤,但我还是要让它们跟着我,保持距离在我身体两边。我当然无法在什么地方另外获得一只右手。就是这样,我们谁也无法选择一双使用起来灵活无比的手脚。它们全是原装货,好的坏的,你都必须接受。

小脸司机抬头望天,他还没有把脑袋放下来。以前我的右手砍了左手的时候也这么望天,我还骂过一句“天杀的”。这是我们村很小的孩子都会骂的话。那儿的大人很早就把咒骂的本领教给了孩子。

“你骂一句‘天杀的’好了。”我非常有经验地说。

“有用吗?”他放下脑袋。

“有。我们那些长辈就是这样干的。现在他们还活得很好。”

小脸司机紧了一下脖子上的领带。他没有骂。大概他认为自己好歹是个有文化的人,怎么也不能与乡下粗人相比。

他确实不能与粗人相比。虽然他的工作总是没有着落,但是找工作的过程却非常注重。首先注重穿着。他还比较年轻,不能打扮得像个落魄的老头子。可是我知道,他箱子里就那么两套衣裳,今天换明天换,其实都没什么特别的效果。而且糟糕的是,他们打地铺睡觉,房间还没有装地板,坑坑洼洼,有小石子鼓在那儿。他们将棉絮铺在地上,只铺了一层,他们说一层够了,他们的腰板硬,不要那一层棉絮也可以睡觉。因此,小脸司机的两套衣裳上面都有租房地板上留下的石头印子。他每天不管换哪一套衣服,都背着几颗石子印,让人以为他睡在天桥底。只有他的领带是板直的,像他的腰杆一样直。可惜他本人不会打领带,这是唯一的麻烦。不知道这领带之前是谁打好了挂在他脖子上。为了一直保持领带的原样,晚上睡觉之前,他将领带小心地拉成一个圈从脑袋上绕下来,第二天再小心地挂回脖子,紧一紧,整回原状。这种事情办起来相当费心,感觉像伺候一只老狗出门,他说。

有一段时间我很少见到小脸司机。我认为他可能找到工作了。但如果找到工作,他一定会开车来看我。他曾经说过,等他当了司机,一定会开车停在我的摊子旁边,让这儿周围的人都知道我有这样一个开轿车的朋友,让他们看看卖梨子的小摊贩,土里土气,但却因为有这样一个朋友,在这条街上就不会遭受轻视和怠慢,会使我瞬间有了某种身份。

难道他以为我遭受了轻视和怠慢吗？如果他是因为上次那位太太说话的语气以及那些讨价还价,那些给我假钱我又没有认出来,还有我看错了秤还找多了钱,如果他是计较这些,那可能也算是一种轻视和怠慢吧。但是在这条街上这样的事情不是我一个人遭遇过。摊贩们并没有感觉到哪里不对。这只是生活中意外的挫折,作为小摊贩必然会遭受的磨砺。这种遭遇早晚会过去的。现在摊贩们经过了一段时间的磨砺后变得狡猾难缠,就像一颗滚圆的石头,他们也偷偷把假钱回找给上了年纪的买主。因为上了年纪的买主视力模糊,真假不辨,他们是快要落坡的昏昏太阳,也许买完这一次东西回家,明天就不再来了。反正这条街上的人就是这样干的,没有绝对的受害者,也没有绝对的受益者。像我这样刚刚加入这条街的新人,还没有变成一颗滚圆石头之前,我必须接受这样一种惨状——如果终身不能成为滚圆的石头,我将继续这样的惨状。这是作为不能变成滚圆石头的人必须付出的代价。

冲着小脸司机平时待我如亲人,我决定亲自去看他一下。

那天陋巷里下着雨,扫地的大爷穿着雨衣站在巷子边。我和几个行人在垃圾堆上跳来跳去。不知道从高处的什么地方落下一把葱皮,正好掉在我们头上。我抬头望上去,什么人也看不见。人们隐藏在自己建起来的高高的楼上，然后从那些窗口里随意往下丢东西。

“天杀的。”我说。

“安逸吧？”大爷伸长脖子跟我说话。好像我需要这么一个长镜头的脖子才可以看清似的。

“你看到了,这垃圾不是我丢的。”我一边跳一边说。

“天杀的。人人都这么说。”他丢下这句话就走了。雨下得更大。我的裤脚上全是自己跳了溅起来的脏水。

小脸司机和他的朋友都不在家。我往门上砰砰地甩着拳头,里边一点声音也没有。我想是不是木门太厚。我又使劲敲门,还是没有听到回应。我买了两斤猪肉和一根莴笋，站在门口不知道怎么办。我更不知道为什么来之前要买这些东西。也许是上次他们说要打牙祭,一直没有打,我这是为了给他们打牙祭来的。

我决定将猪肉和莴笋放在门板边。这个举动让我突然感到一阵心慌和惭愧。我不敢保证小脸司机看到这些猪肉和莴笋猜到是我干的之后,会不会与我断交。他是那样一个体面的人,有强烈的自尊心,尤其在我这样的年轻女孩面前,他时常表现得非常强大。一直以来他都打着笔直的领带，穿着合体的旧西装，像个干传销的,但他不干传销,在我看来他就是个没落的贵族,今天所做之一切,是为了始终保持他贵族的气质。

也许我把他看穿了。我的天赋不在生意上,而像个算命的,时常把一些人看穿。这样一来我总是失去许多朋友。不是我失去他们,就是他们失去我。总之我在任何一个城市到头来都成为孤家寡人。我感到害怕。我想把这些猪肉和莴笋都拿走,可最后我的愚蠢战胜聪明,空手而回。

从丢下那些猪肉和莴笋之后,第二天我像是落了魂。下午快要天黑的时候,我的门被敲响了。我拉开门,小脸司机笑嘻嘻地站在面前。

“我是来感谢你的。”他说。他的眼睛有点肿,裤脚大概在垃圾堆上跳的时候被什么东西刮破了。

原来,我放下那些东西并没有使他自尊心受损,反而救了他们的命。这话有点重,但他是这样形容的。在我去之前,他们四个人躺在地铺上昏昏沉沉,已经饿了两天。

“我敲门了。”我想问他有没有听见。当然我也对“饿了两天”表示惊讶。

“我们躺在那儿没有力气。两周以来,我们买了三棵白菜,一把面条, 汤汤水水地喝到你来的前两天为止。我们应该听到敲门声了,但是不确定。即使我们听到了也不想开门。我们四个年轻男人,躺在地铺上饿饭,总不像样。”

我请他坐在一把凳子上,给他倒了一杯凉开水。

他跟我说了以后的打算。最后这些打算都不合用。他相信在这儿始终找不到合适的工作。他们躺在地铺上饿饭的场景可能还会有。我总不能每天给他们送猪肉和莴笋吧。我的生意直线下降,说实话,买那两斤猪肉和莴笋,也是想自己打打牙祭。但因为吃了闭门羹,牙祭被他们打了,我还一点儿油水没有捞着。但不管怎样我在这儿还算过得下去,与我在凉山父母身边的日子差不多,至少目前我还没有混到饿两天的下场。

"你们可以随便找个工作。哪怕去建筑地卖力。"我对他们躺在地铺上饿饭的行为看不下去。一个人在达到他的理想目的之前,完全可以做一些别的事情来缓解困境。书上不是说过吗,大丈夫能屈能伸。

"不行!"他一口回绝了我。这种回绝的语气相当重。我突然明白了像小脸司机这样的人,正是我父亲说的那种钻牛角的勇士。他们认准了一条路就会一直认准,绝不拐弯,绝不妥协,即使睡在地铺上饿两天,也会像个殉道者,会一直遵循某种真理和信仰,有相当的牺牲精神。也因此他每天打扮得像个骚包——我这样形容肯定有些失礼,但他确实给了我这样的感受——在街上晃来晃去,妄想明天就有人请他当司机, 然后开着小轿车来给他的朋友提高身份。然而他饿了两天了。不过他现在暂时脱困,肚子里还装着一点猪肉和莴笋。

他喝下那杯凉开水就走了。

过了大约七八天,小脸司机又来看我了。他跟我讲述了这几天以来他们四个人的状况。他们之中有两个人的女朋友在什么地方上班。女人总是容易接受现实而降低标准生活。他们从那两位女生处借了三百块钱,过了一周。现在又去借钱了。不过这次他们准备把借来的钱平分,然后散伙。他们怀疑四个人八字相克。

小脸司机要去投靠他远在攀枝花的姑妈。他姑父正是一位老出租车司机,那车子是自家的,一个人开有些辛苦,他姑妈希望他过去帮忙。

我猜想他是不是来跟我借钱,我由此下意识地捂住钱包。虽然我们认识很长时间,并且相处得像是亲人,可一说到钱,我的手还是捂住了钱包。在城市生活久了,我也难免要学会在农村时没有的习惯和经验。何况我包里的钱除了不小心收到的假钱之外就剩不下几个真钱了。我还要靠它们活下去。

"我不是来借钱的。"他大概看到我捂钱包的手了,"我是来找你帮忙。今天晚上,我想趁着夜色,将租房里的行李从窗口用绳子顺下,你在下面接住。就是这样。我们四个人各找帮手。不能一起走光,我们得一个一个地走,让房东不能察觉。我先走。"

我听明白了。他们是为了逃避房租。

小脸司机无法扛着行李翻过院墙大门,他必须让行李先从窗口下来,才能轻装翻墙。这大概就是我之前所想的,在达到目的之前,可以做一些别的事情来缓解困境。这就是他现在要干的缓解困境的办法。

"天杀的。"我这样骂了一句。当然是答应他的请求后一个人走在夜色中的陋巷里冒出来的野话。这天晚上天气很冷,冷得无法正常在垃圾堆上跳。我只能实实地踩着它们,并且因为我要完成的任务总有点冒险和见不得光，所以像贼一样四处张望，胆战心惊，神神秘秘，总担心那位扫地的大爷还没有收工，站在哪儿突然来一句“龌龊”。我这样想着脚就在打闪，汗水都出来了。如果我父母知道，我一个凉山出来的人，在那儿没有成为女匪，在这儿倒干出这样一件只有女匪才干的事情，会不会与我断绝关系？然而我还是来到了小脸司机的窗口下。我像他从前给我打的花喜鹊口哨那样来了一声。很快那个窗口出现一只脑袋，然后一团行李黑漆漆地像天塌了一样朝着我降下来了。我搂住它，是一只帆布箱子，箱子上还绑着一条洗脸帕。

“还要什么洗脸帕！”我自言自语低头解着箱子上的洗脸帕，将缠住它的绳子分开。

“脸还是要洗的嘛。”小脸司机已经翻过大门站到我跟前。他的西装可能被大门上的钉子划破了。他心疼地摸着那个破洞，在墙缝里透出来的一丝灯光下用手指想把破洞合回去。

“快走吧。”我催他。

他将洗脸帕搭在肩上，拖着箱子，趁着夜色走了。这时候他看起来确实没有贵族气质，很像个搞传销破产后另谋生路的人。我很高兴他可以另谋生路。但是我也很害怕。小脸司机走了，明天房东会不会哭，会不会骂一句“天杀的”呢？天知道。

理想主义者

“阳光太毒。”他说着就将自行车停在我们摊子边上,抹了一把汗。这是成都最热的时候。这样的中午一般很少有人出来逛街。

“你买什么?”我看他应该想买点东西。我在卖一种叫“白果”的玩意儿,这东西属于滋补品,尤其对女性很有益处。但我不能说得太明白,因为我刚刚从批发市场进的货,对它的真正效用只懂一点皮毛。那位批发白果的老板说,不懂要装懂,所有摊贩都这么干的。

“买点白果回去吧。给你的妈妈或者老婆炖上一只鸡,她们会很高兴。”我想到批发店老板的话,瞬间来了勇气。我游说这位满头大汗的三十多岁的男人。我敢肯定他已婚。

“妹妹说笑话,我看着像结了婚的吗?本人二十八岁,不到而立,单身。”他指着自己。

接下来我就找不着话说了。看着他。

他以为我这样看他是怀着什么心思吗?他脸上有一丝掩藏不住的得意。也许我的眼神当中真的透露了什么心思。像我这样的年纪,什么也不懂却什么都好奇,看见帅的或不帅的男士,都会放出一种自己不知道的眼神,这眼神许多人称之为“花痴”。花一样的年纪正是犯痴的时候。而实际上我并没有犯痴,我这样望着他,想的却是别的事情:他真是奇怪,天天骑一辆破自行车,裤脚一高一低,胡子拉碴,没有抹油的大背头——因为大背头不抹油头发蓬松,脸瘦,看上去有些背不动。他成天扛着一部不知什么牌子的手机在耳边说,嗨嗨,某某老板,请你到对面帮我看看我车行的工人有没有偷懒,顺便问问他们今天下午想吃什么菜,我顺道买回去。

他就是以这种样子出现在我们摊子面前。我们当初想,人不可貌相,这位骑士虽然落魄却开着车行,比我们强十倍。

又一个人出现在我们摊子面前。总是在这个大中午的时候,他和车行老板——就是那位骑自行车的——一起站在那儿,互相点头招呼。他们时常相遇在我们摊子面前,时间久了也就成了熟人。

“你生意如何?”车行老板问。

“我餐厅一切顺当。你车行不错吧?”餐厅老板微笑着。

他们在那儿要说上好一阵子。毒太阳晒在车行老板的大背头上,像是抹了油。餐厅老板提着一只菜篮子,里面放着几根蒜苗和一把青菜。

“这点儿菜够了吗?”车行老板指着菜篮子。

“当然不够。一个餐厅每天的用菜量吓死你。我这是样品。打包好的菜全部放在外面。你看看我胳膊上的肌肉,净是搬菜搬的。”他扬起胳膊。

餐厅老板往我这边看了一眼,他说,妹妹,今天有空吗?我请你吃大餐。

他每天都要请我吃大餐,并且我还可以带上一帮朋友一起吃,他请得起。他作为餐厅老板,还会亲自下厨操办。这确实是个诱人的邀请。我们在这条街上摆摊的年轻人,没有什么大愿望,仅仅对“一顿大餐”还抱着兴趣。平时我们守在摊子跟前,像电视剧里的傻儿师长卖牛屎,要费去不少口舌,浪费太多精力,实在需要一顿大餐来犒劳。

我没有答应餐厅老板的邀请。他实在不像个老板。他与那位骑士一样,怎么看怎么像个牛皮大王。我们甚至怀疑他二人根本就是来这儿演戏。这完全是有可能的,每一个单身男士都愿意在年轻女孩面前变成演员,即使他口才糟糕,演技太烂,也会突然超水平发挥。

但是他们也不像是专门为了年轻女孩而来。他们说话时投入的神色,以及打电话回去询问车行或者餐厅状况的时候,好像确有这么一回事。有时我们也会感动,他们对工人的关切,亲自买菜下厨,作为车行老板和餐厅老板,实属难得。而且他们不打麻将。在这座“麻将声声”的城市,一个车行老板和餐厅老板,一心只放在事业上,其品质是相当牢靠。

我决定什么时候亲自去探望一下。可这二位从来不说他们车行和餐厅所在。他们在这儿说完话,买完东西就走了。

过了几天,那位车行老板又将自行车停在我们面前,他这次没有遇到餐厅老板。那位餐厅老板有好几天没有来,大概忙着生意。

“妹妹,今天我请你们吃大餐。”他也学着那位餐厅老板的口气,要请我们吃大餐。就在我们询问到什么地方吃大餐时,车行老板身后不足十米的地方站着一位抱孩子的妇人。她盯着车行老板,好像在强忍怒气。

“继续吹。”那位妇人说。车行老板猛一回头,脸红到了脖子。他转头看我们一眼,笑得非常惨。他跟那位妇人回去了。

之后有几个月没有见到车行老板和餐厅老板。他们好像一起失踪了。时间已经到了冬天，我们这条街上摆摊的生意冷淡了起来。这正是个吃大餐的好时节,但苦于无人邀请。

这天晚上我一个人走在街边,冷风飕飕,对面一家舞厅的灯光看上去相当暖和。不停有人进入那道小门,也有人从门里出来。我也想抬脚往那儿走。昨天之前,我跟卖海带的年轻女摊贩一直练习登山舞。我们都想有一天,在一个真正的舞台中央,有暖和的灯光照着,在那儿可以跳上一支舞。我敢保证没有人会怀疑我是某条街上的小摊贩。在那样的地方,每个人都光彩照人。但我也敢肯定,他们之中除了像我这样的小摊贩,肯定还有别的,比如打铁的,卖茶叶蛋的,算命的,甚至可能还有卸妆后的职业乞丐。总之那儿有灯光可以给每个人上妆,让他们瞬间与众不同。我听说近来流行跳自由舞,那位卖海带的女摊贩跟我说,所谓自由舞,就是乱跳。我由此断定,喜欢跳自由舞的人一定平时没多少自由。我在想那车行老板和餐厅老板会不会常来这儿跳自由舞。我也不清楚为什么会觉得他们需要跳一支自由舞。

我看到舞厅门前的灯光全都落到我的脚下了，我知道，我已经来到小门前，只要花上几元，我就可以走进这道小门。可是我却在小门前停住。我突然不敢确定我们一直练习的登山舞是否真的有看头，万一它看上去像拔萝卜的姿势呢？或者像登山，与舞没什么关系。因为大多时候我们像理想主义者，认为自己做得相当漂亮并且值得分享，可事实上我们很可能在演一场滑稽的闹剧，台下没有掌声响起来，一片沉寂之后有人哄堂大笑，有人吐口水，有人丢臭鸡蛋。这样暖和的灯光它可以给人上妆，也可以什么危险都存在。我们对自己的行为本来就有天生的近视，看不清楚。

我站在门前想了一会儿，决定回去。这条路我怎么走过来的已经不重要了，现在走回头路也不重要。反正我们总是要走一些回头路的。

我可能迷路了。走在不知道哪条街上。对面有一家洗车店，宽坝子里停着几辆轿车。有人弯着腰杆，在满是泡沫的车子上用毛巾使劲擦洗。他干得非常卖力，在寒风里，穿着单衣，系着半截围腰，脚上套着筒靴。他的头发蓬松，被风吹成了大背头。我突然发现他正是那位车行老板。原来他说的车行，就是这样一块洗车的坝子。他在跟一个老板模样的人点头哈腰，那人坐进洗干净的车里，把几张零票递给另一个人。这个人应该才是“车行”老板，他一直站在边上监督，现在走过去收钱。

我想跟他打个招呼，但站着没动。一些直觉告诉我，这是和我一样的理想主义者。理想主义者和牛皮大王之间只隔着一轮毒太阳和一辆破自行车。相比他们平时的滔滔不绝，我这样沉默的人更显得悲壮。我确定在这一刻，我对车行老板单方面产生了一种惺惺相惜。

我迫切地要离开那儿，加紧脚步朝可能正确的方向走。可是就在不远处，我看到了餐厅老板。他的餐厅——搭在路边卖蛋炒饭的偏棚！他在里边系着白色围裙，抄着锅铲忙得团团转。他确实像一个餐厅老板那样认真卖力。我总算明白他和车行老板为什么有话说。他们根本就是一类人。他也是一个理想主义者。不久之前，他们二人在我们摊子面前说的关于车行、餐厅、员工等等之类，都会在不久的将来出现，或者说，已经出现了。他们正是按照这样的心境在生活。

"妹妹，稀客啊！"餐厅老板看见我了。他无比激动。他一点也没有表现出尴尬之色。偏棚一百瓦的灯光照在他脸上，光灿灿的。

"来来，我请你吃大餐。"

我走了进去。他为我亲自下厨炒一碗蛋炒饭。过一会儿车行老板也来了。他们肯定经常走动。我装作不知道他洗车的事情。

"我刚才看见你了。"车行老板说，"你站在那儿发呆。我想过去打招呼但是太忙。怎么样，我的车行不错吧？我未来的车行。"他非常自信。

接下来我们坐在一张桌子上大谈车行和餐厅，桌上摆了蛋炒饭、啤酒和一碟花生米。我们三个老板——现在我们是老板——开始筹划员工宿舍建在哪里，以后房子修在什么地方，方便我们互相串门，晒太阳，遛狗。因为一直找不到这样一片合适之地，我们感到伤脑筋。路上有行人停下来望着我们笑。也有人进来点一份蛋炒饭，一进门就拍着餐厅老板的肩膀说，龟儿，又在冒皮皮哇？蛋炒饭，打包。

我们断断续续谈到午夜才散伙。餐厅老板收拾残羹剩饭，洗碗抹筷。车行老板将他的自行车借给我骑。车轮有点歪斜，轮胎还有小疙瘩，骑在上面簸来簸去，有点像跳登山舞。

长风衣

在一家五个老板组成的餐馆内,有这么一个人,他喜欢穿一件黑色高领长风衣,当他打开领子的时候,有风的时候,往那餐馆门前一站,倒也风度翩翩。如果他个子再高一点,瘦一些,画面会更好。因那长风衣的缘故,人们喊他风衣男。他真正的名字没人记得住。

他其实很希望人们喊他许文强,也正因为这个原因才费尽心思搞得这么一件衣服。他可能觉得穿上它的时候许文强的灵魂就住在心里了,于是每次往那餐馆门前一站都显出一股江湖大佬的自信。可惜人们并没有看出他江湖大佬的自信。他的帽子是一位远客落在餐馆里的,那位客人至今没有再来,于是他就戴着这顶帽子在那儿晃来晃去。他的四位朋友相当反感这样一位举止怪异的合伙人。不过暂时没有人打算与他散伙。他毕竟没犯什么大错,甚至他的跑堂工作干得还很出色。

我偶尔去他们那里吃一碗面条。他们对我倒是相当欢迎。那段时间我在餐馆附近的街上摆摊，和关羽一样，卖绿豆。

“你倒是非常像许文强。”有一天我对这位跑堂的说。

他非常高兴。从那次我这样说他以后，他就把我当成可以说话的朋友了。他认为这世上只有像我这样的人，才具备了眼力，别人是无法看出他像许文强的。于是我们成了好朋友。他的合伙人以为我们在谈恋爱，以为卖绿豆的关羽看上了跑堂的许文强。真是笑死人了。我们只是比其他人更有话说。在这样一条街上，我们都和别的人不同，他喜欢穿长风衣，而像我这样成天只会卖绿豆的人，不太识秤，也不太会算账，时不时收几张假钱，那种惨状和许文强身上穿的长风衣的污渍一样令人伤心。就是这种相似的落魄才使我们有了交谈的愿望。我们其实是一类人。

许文强的风衣是从旧货市场淘来的。就在餐馆不远的一个宽坝子里，那儿修了专门卖旧衣服的市场。可以这样说，我们在别处看到的那些夜市上卖的衣服，大多是从这个地方批发过来的。有时候论斤卖，有时候单件卖。但是到了别处都是按新衣服价钱出售。

长风衣实在太旧了，它仅有的卖点就是旧。挂在一个角落连店主也懒得看。它大概真是从上海滩那儿来的，许文强去世之后，他的风衣流浪到这儿来了。跑堂的恰好看中它的旧，像见到亲戚一样，不惜花了二十块钱将它买回。现在它有了新的主人，一个有许文强灵魂的人。人们说这是神经病人才有的想法，一个中毒很深的粉丝。许文强这个人物根本不存在，那是虚构的。从他买回风衣那天开始，人们就对此说三道四。

一定是有人当面跟跑堂的提起了这个关于虚构的说法。他那天情绪非常不好,就像刚刚被他的老情人甩了。跑堂的工作干得相当马虎,总有人在那儿拍桌子,敲碗,大呼小叫。

“你落魂了吗?”我走上去问他。我还从来没有见过他这样英雄气短的时候。

“我确实落魂了。有人说许文强是虚构的。我感到太伤心了。他怎么可能是虚构的呢?如果许文强是虚构的,那我们都是虚构的。我们住的房子,脚下的泥土,花草树木,一切看得见看不见的,都是虚构的!”他很气愤。

这之后很长一段日子他的心情都难以恢复。他原本有一个江湖大佬的灵魂住在心里,尤其当他端着盘子在客人之间低头哈腰的时候,他心里没有什么委屈和自卑,因为他觉得许文强一开始也这么落魄——或者不止许文强,所有的强者都是这么过来的。这是一种力量,他一直就靠着这股力量在生活。可是现在有人告诉他,一切都是虚构的,这意味着他所干的事情都没什么意义。

他翻出这段苦日子写下的日记。听说是摘抄的古诗词。

“什么时候许文强也看起古诗词了。”我自言自语接过他的本子。

本子上只有一句话:明月几时有,把酒问青天。

原来这段日子他的胡子都是把酒问出来的。

“你起码现在不是虚构的。我要去卖绿豆了。你应该好好地跑堂。”我说。

他横着眼睛看了我一眼，大概因为我没有安慰他，或者我说的话落不到点子上。起码我应该与他站在一条线上，为这个悲伤的话题来一番详谈。

他眨一下眼睛说："你不要担心。我现在突然想通了。从今天开始，我要做真正的许文强。刚来这儿的时候，我连长风衣都没有，带着二百块钱，我们几个人挤在一个出租房，虽然我们都有高中文凭，但在这个城市，这样的文凭只是半桶水，我们在人才市场等了半天，捧着这张像是卖身契一样的玩意儿，听着他们开出的工资，真让人失望。

"啊，我得补充一下，我们之中有人连高中也没有毕业，卖身契是桥那边找'驼背张'假办的。这样一种情况下，我们也不敢声张，不敢跟人争论工资的事情。"

"我们到桌子边坐下来谈。"我感到有点腿酸。而且我们一边一个站在餐馆门前说话，有点像门神。

"之后我们去工地干粗活，做零工，还去走街卖报纸。因此才有了这件长风衣。昨天这儿的客人用打火机把我的长风衣烧了一个洞。"他这样说着，从我手中拿回那个本子，将它丢进一个垃圾桶。"现在我不需要它了。"

我感到高兴，他现在终于不再纠结关于"虚构"这个问题。我准备回去卖绿豆了。

"昨天我母亲走了。"我听到他的声音从后面传来。我立即转身看他。他也正看着我。

我站在原地不知道该怎么办。他突然要做真正的许文强并且忘记别人说三道四,正是因为他母亲走了。他母亲走了,那么一切都变得不重要。

“你可以哭一场。”我愚蠢地说。

他从桌子边站起来,拍拍我的肩膀说:“和我出去走走。”

我们走到餐馆背面废弃的铁轨上,那儿路边有无数个居民搭建的简陋茅厕发出臭味。铁轨两边的菜地倒是因为这些茅厕而长得很好。有几只脑袋从高高的菜地里冒出来,看了我们一眼又低下去。

“我就是从这样的地方来的。我来的时候我母亲还在地里忙活。她也像刚才那几只脑袋一样,从那儿冒出来看我一眼,我说:‘妈,我走了。挣了钱回来给你买好吃的。’她在那儿笑了一下,开玩笑说:‘去吧,去挣大钱。’她其实无所谓我挣不挣钱,只要我脚踏实地,买得起这样一件长风衣她就高兴。我冷不着饿不着,她就高兴。”

“你是为了‘吃饱穿暖’才买的这件长风衣。或者是不是长风衣无所谓,只要你喜欢就行。你要穿着它回去给你母亲看。你买它并不是为了许文强。许文强只是一个借口,一种你穿它的可有可无的理由。”我这样说。

他没有回答我。

他走到那节生锈的铁轨上,铁轨边有一朵开着的菜花,他避开了。

“我们为什么一定要出来挣大钱呢？我们五个人开一个餐馆。就像五只猪啃一个南瓜。我们早就成了生意人而不是朋友。我们出来的时候还是朋友,从小一起玩到大,在这个城市,应该是相依为命的人。但是现在我变成了令人厌烦的风衣男,除了跑堂别的都干不好。我的其中一个朋友入赘在这儿当了女婿,他的女人很快就要生孩子了。他倒是有了几分本地人的精明和打算,他们想要独自拥有一家餐馆,他做老板,他的女人做老板娘。他不止一次跟我们说,希望我们放弃股份,另谋出路。可是我的另外三个朋友,一个曾经开出租车出了点问题一直没有找到工作,一个什么也干不来,另一个只拥有一张假的卖身契。我们能去那儿呢？暂时哪儿也去不了。我们各有各的心思和麻烦。自从离家那天开始,我们就有了不同的麻烦。”

他把长风衣脱下来放在臂弯上挂着，就像将翅膀拢起来夹在胳肢窝。

“在这样的地方能挣什么钱呢？”他重复着这句话。

我们在铁轨边的菜园一阵长谈之后，又顺着那条臭烘烘的路走回来,他回到餐馆,我回去卖绿豆。后来有一天我再去那儿找他,想让他跟我一起卖绿豆。

可是我再也找不着他了。他的合伙人告诉我,这个人在半月之前就已经离开餐馆。趁着夜色走的——那天晚上没有月光。他们也很好奇,他走的时候竟然没有把长风衣穿走。

半月之前正是我们在菜园长谈回来的那个时间。他在那次小聚之后与我不辞而别了。我想起来有点气愤,也有点难过。

他趁着夜色出走,我猜想他那天晚上可能是扒火车走的。

我后来收到一条白花丝巾。丝巾上的花色看着眼熟,有点像铁轨边那朵菜花。我不知道是谁将它放在我的绿豆筐子里,就在我去上厕所回来的时候,白丝巾就出现在那儿了。

蜘蛛人

年轻人就应该挂在四十六楼的高空刷墙，在那悬着的绳索上，腰间拴一桶粉浆。我这么想着，仿佛听见了隐隐约约的高空飘来的笑声。那声音出自我弟弟。他的声线好，我母亲曾经更是认为她的儿子的笑声比我们姐妹二人甚至每一个人的笑声都好听，她希望他将来可以成为歌唱家。

他确实有几分唱歌的天资，如果长相再好一点的话，那么就算如今没有成为真正的歌唱家，他也可以稀松平常地获得几个民间粉丝。

就因为他的相貌不够出众，所以他只能挂在四十六楼高空绳索上给人刷墙。听说那需要持有专业的证件和专业技术。在这之前我从来不知道他除了唱歌之外还有什么技能，他好像是一夜之间成为粉刷匠的。

那绳索在四十六楼下看不清楚。但我知道它应该像某个音符，或者，像我弟弟兴致高昂时亮出来的高音，那种直线上升的高音，像逐日者的路线。在四十六楼应该可以清晰地看到阳光吧。至少在楼下看上去,他们腰间的桶子因为粉浆溅染,像一朵白花。

我母亲大概早已放弃了她的盼想。她想让儿子成为歌唱家,可是她的儿子现在成了蜘蛛人。是的,我弟弟这样为自己的职业安装了一个称号。“蜘蛛人”听上去就像一个拥有特异功能的人。那根绳索也因为这称号变成了蜘蛛丝,那种自他们体内喷出的生命线。我突然觉得那绳索更像婴儿的脐带,他们凭借它获取生命的养分。

有那么一段时间,他们工作之余,喜欢到某个地方唱歌。一人怀抱一瓶啤酒、半碗瓜子和一碟切好的水果拼盘,样子有些邋遢。只有在这时候我弟弟才找到了歌唱家的感觉。他大概希望有人鼓掌、赞美,像他的母亲那样对他的歌声报以热情和敬佩。可没有掌声响起来。经过长时间在高空作业的消耗,他已不能完美地进行地面上的演唱。就像一个走钢丝的人,我猜,他走惯了钢丝,到地面行走和高空行走是同一种心态,他得收着身子,固稳脚跟,不能完全放松体型。

总之,我弟弟的歌声失去了原有的悦耳,并且可能是悬挂于绳索的缘故,四十六楼的风把他的嗓子吹坏了。他的同伴倒是很喜欢这样坏掉的嗓门,认为这样的声调最适合他们的耳朵。在高空他们偶尔也唱歌,那种山民们喜欢的曲折沙哑的调子。反正别的歌他们也唱不好,别的调子他们也不习惯。

他们从拼盘里拿东西吃的手势有点儿奇怪。手明显或者无意识的拐了一个弯儿,不知道是不是我看错了,我总感觉他们是在身后绕了一圈然后才来到盘子。就像往身后的桶子里搅粉浆。

这种习惯使他们再也不能适应别的工作了,我这样想。这种想法当然不是空穴来风。有一回我们希望弟弟可以做一些别的事情,比如养鱼。然而这位蜘蛛人却大谈特谈关于养鱼的必备条件。就那鱼塘的建设和之后运营的周转资金,就在八十万以上。我们原本想的几万块钱的小鱼塘规模被他的暴发户一样的预算淹没。他希望堵住门前那条河水,要垄断,在那儿建一个大坝,养多少肥鱼,买一辆货车,请司机,请饲养员,修仓库,等等。他说得有点儿亢奋,他刚从四十六楼下来,裤脚还烂兮兮地挂在那儿,光着脚板,衣裳沾着粉浆,那一刻完全投入一个拥有特异功能的人才有的情绪之中。这一番演说是按照在四十六楼悬挂的灵感尽情发挥——那种逐日者的想象。我们从此不敢再提养鱼的事情。

但是我相信他只是更热衷于冒险生活。作为他的姐姐,我必须了解一点他的心思。我相信他是因为一开始就选择了这样一种方式,如今,就算他还爱着画画,也曾经努力地想成为歌唱家之余的画家,我也敢断定,那种心情不会再来,那种选择也不会再来了。一个人在四十六楼习惯了那儿的风色,下到地面是很难适应的。猴子即使学会了一切人的动作,心中也还眷恋野林生活的日子。对于蜘蛛人来说,永远对四十六楼充满热爱。

可是他不是真正的粉刷匠,没有专业证件和技能。他是突然之间成为蜘蛛人的。他悬挂在那根绳子上只是凭着一股单纯的勇气。因为缺乏专业和证件,他比别人少拿一半薪水。虽然他们在同样的高度,干着同样的活儿,可他只能妥协。有时在高空也不能自由,地面上的人掌握着高空者的命运。他大概已经想透了这样的道理:在绳子上挂着的人本身就是一片要落不落的叶子,他脚下没有土壤,而头顶的阳光有时又太强烈,晒得他没有心思争辩和反抗。他下到地面来叹气。我好像听见那种被风吹坏掉的嗓门里发出的声音,像沙漏,像他走路时破裤脚发出的响动。

他终于被驱逐了。有人举报他这个冒牌货没有证件。看来四十六楼的生活也和地面生活的环境一样,你总会遇到那么一个人使你瞬间成为倒霉蛋。我母亲说,你弟弟要回家了。回家也好。她简短地告诉我这个消息。那语气倒是有几分高兴。毕竟她当初把儿子生在地上,而不是悬挂于四十六楼的高空。

我原本希望他可以去当保安,只要他肯递上退伍证,这个工作就能轻松获得。我们也可以经常在地面走动,互相照应。可是他说,他有个战友当过保安,那人后来垂头丧气回家告诉他,千万不要选择这个职业,不仅有人骂你狗,你还真的有几分狗的无奈,被长期拴于门口,苦不堪言。他大概被这个状况吓到了,所以愿意当蜘蛛人。虽然高空也不那么自由,但那儿可以闻到除了粉浆之外的清新空气,尤其初春之后,阳光不冷不热,如果你所处的楼下正是一片树林,从那林中还会扑来几分桃花的香气。

也许四十六楼确实可以闻到桃花。因为他们现在还很年轻。年轻的嗅觉不容易被风伤害。但实际上我又不能确定那儿是不是真的有花香。

空穴来风

每逢月色较好的晚上就习惯出去散步,吃得很饱,必须放慢脚步。

有时候我们走得太远了,会看见一个六七岁的男孩跪着乞讨。他方形的脸像一块干旱缺水的庄稼地,伸出来乞讨的手小得像掏空的粮仓。两枚眼睛一只仿佛失明了,一只被风吹出泪。

“这儿有醉鬼经过,真担心他什么时候被踩扁了。”我们好像听见谁这么说。

当然不会真的有醉鬼踩扁他。这里还算热闹,靠着树林,不时有鸟雀在林中飞来飞去,叽叽喳喳叫个不停,醉鬼到这里大概也清醒了。

可是作为乞丐他什么东西也没有准备,这很令人担忧。他实在不够专业。他还没有完全入行,不懂这一行的规矩。然而这很值得人们原谅,他毕竟只有六七岁年纪。

街面上在出售一些道具,或者乞丐之间就在转让一些道具,甚至他们连乞讨的地盘也在互相更换着使用。他们把乞讨作为一种可持续发展的事业，有人因此还发了财，买了 iPhone 6 和新型手表。我们在新闻上看到很多类似的事件在乞丐中悄悄发生。

可是小乞丐——暂且这样称呼他吧，虽然他不合格——是孤独的，是乞丐中的乞丐。他没有 iPhone 6 和手表，反而有个生病的拖油瓶父亲。

看吧，有人开始议论了，他们准备追问我们了，这个孩子在哪儿在哪儿？他为什么那么可怜！

他能在哪儿呢？如果你不想看见，他也只能是一只轻巧的脏兮兮的蝴蝶，或者是一场空穴来风，或者是一道黑色月光，在你眼睫毛上一闪就不见了。

他总会在我们散步的前方，在某个路口。

我们有时候充满好奇心。我们总是充满好奇心。我们会尾随其后，看见他的父亲躺在一处屋檐下，浑身无力，生着重病，身上盖着不知从哪儿捡来的破棉被，屋里飘出霉臭味。他说话相当慢，让人听得着急。但是我们对这样的故事很有兴趣。在世上生活久了，嘴巴笑得太开，眼睛很久没有潮湿感，便需要一点故事让嘴巴抿起来，让眼睛潮湿起来。我们觉得这样的情绪更能接近上帝，也更贴近灵魂。但听完故事以后，我们发现什么也做不了了。我们只是满足了抿嘴和眼睛潮湿的愿望。接下来这位父亲还是要躺在那儿的，他的故事讲完了，他的孩子又去乞讨了。我们只是知道了发生在他们父子身上的不幸遭遇，然后在那儿干叹气，说句“同人不同命”，仅此而已。

男孩始终要回到那个空地上跪着。他抓着谁的裤脚就像抓着一株麦穗,他的眼睛向上看,可能保持这样的眼神太久,使得上眼皮总是往上翻。也许他看见的一切事物都是向上飘着,像凶猛的暴雨,像刺骨苍茫的冬雪。

虽然我们什么忙也帮不上, 但好奇心——或者善心——促使我们照样去那儿散步,顺便关注他那天的收入。有时候他身边会多出一只什么人领来的泰迪犬,它竟然也模仿着跪了一会儿。

现在他的脚板心已经不能挨着地面了。这大概是他行乞数月后得出的经验:站着讨钱总不如跪着顺当。人们也习惯并且愿意把钱给跪着的人。以至于他想站起来走路的时候, 已经走得不太稳妥。

有人说,你要立正,然后给人们讲笑话,或者表演什么戏法,拥有这样的本领和拥有一套完整的乞讨道具一样可靠。可是他不立正,他也不会表演和讲笑话。任你喊什么样的口号,他走着走着就跪下去了。

这儿的空地上有时候会飘着一些草香,尤其春天,树上开着黄色的没有叶片的花。他只会在这个时节立正。那是受了某种自然的非人类力量的吸引,将他的双脚像春芽一样拔起,使他看上去不像个乞丐,像一棵正在接受春天召唤的树苗。

我们听说某个下午,他去爬树,捉鸟,在草地上打滚,在泥沟边独自玩了一会儿。他乞讨来的钱塞进一只鞋子,他穿着它们在草地上走来走去。

也可能我们什么都没有听见。这是一场自我想象的幻觉。在最近一段时间,晚上没有月光,天气阴沉沉,时而下一阵小雨,我们已很长一段日子没有出去散步。我和同伴,我们坐在窄小的屋子里,望着窗台上一个月前偷来的一株植物, 它开着红色的很快就要凋谢的花。外面有什么新闻,发生什么事件,已经不知道了。

长久以来我们都处于穴居人的状态, 一个六七岁孩童的乞讨故事对我们来说,已经开始淡化。不管怎样悲惨的遭遇,自己或者别人的,都会在一段时间之后淡化。同情心之后就是平常心。现在那个男孩仅是一只轻巧的脏兮兮的蝴蝶,一场空穴来风,一道黑色月光,在我们的眼睫毛上一闪就不见了。

不过我们的好奇心总会超越一切。尤其听到隔墙有人说起关于那小孩的事情,又忍不住想去看看。听说他终于学会了立正——只要有人要求他立正,他就立正。

人们可能开始嫌弃他跪着的样子, 嫌弃他抓住别人裤脚不放的样子。总之他从前的样子人们已经不喜欢了。人们喜欢看到别的能引发善心的东西,哪怕使用道具。就像演员们需要化妆,需要演技。

我们像往常那样走出去,饭后,慢悠悠的,发现春天已经过去了,路边草丛里躺着一些枯干的褐色花瓣。我们没有遇见那个乞讨的小孩。经过很多个路口,屋檐,巷道,哪儿都空荡荡的。

"他可能和别的人换了场地和道具。"人们猜测他已经学会了使用道具,并且入行了。

然而你总是很难忘记那双眼睛。他跪着抓住你的裤脚,目光向上,眼皮上翻,满脸污垢。尤其在春天的那个傍晚,他立正了像一株等雨的树苗。这一切使你相信他不会终生乞讨。

可谁知道呢?也许我们散步的时间不对,没有遇上。他可能还跪在那儿。

在喜德

哪一年去的喜德记不清了,去的时候是晚秋。

那时候我在西昌一家理发店做理发师，一个中年老板请我去做他的理发店师傅,店子在凉山境内的喜德县,因为是熟客,我相信了。当天就打点了行李,比投军还利索。

老板没有车,虽然他说自己算是个有本事的男人。大概那时候有本事的男人不需要买车来证明。

我们挤在一辆很旧的中巴车上,老板坐在过道的位置,我坐在靠窗的位置。司机是个彝族人,皮肤黑,说话嗓门大,偶尔甩一下头发,偶尔抬头看一眼后视镜。后视镜里一个美女正在梳头发,衣领有些开低。很自然的,司机看后视镜的次就数来越多。

同样是司机的表哥说过一句名言:“天上的飞机最高，地上的司机最骚。”

关于司机骚不骚,我阿姐有自己的看法。她也是司机。她觉得我们表哥笼统的评价,伤害了大多数司机的尊严。

一路上看见很多待收的庄稼,从地里飘来一股粮食的味道。除此,就是峡沟里寂寞流淌的河水,以及车子两边飞速闪过的树林。偶尔见几个孩子在路边玩耍,扬起一把泥沙撒到车玻璃上,嘻嘻哈哈地跑开了。

老板很少说话, 老实得像个仆人。眼睛一直盯着另一边的窗外,想着他自己的心事,或者啥也没想。

路过一道崖口时把我吓坏了。我从来不知道凉山还有这么恐怖的山崖。头一伸出去,感觉就是挂在崖边的,担心风一吹把头吹下去,赶紧缩了回来。这一段路全是一道连着一道的山崖,道路不宽,某些地段只够一辆车子过,一路要不停地鸣着喇叭,常开的司机基本熟识在哪个路口可以避让,哪个路口无法避让,提前鸣喇叭是提醒对面的司机做好让车的准备。我闭着眼睛求菩萨保佑,求的是南海观世音。

我阿爸后来说我求错了神,南海观音是送子观音,不管交通上的事情。我求错了部门。好在司机谁也不求,他只相信自己的眼睛和手,把稳了方向盘。

喜德县依山而建,区域不大,楼房不高。县内的公路正在整修,到处是施工者的身影。城内的路道弯弯拐拐,坡坡坎坎,一点也不平整。两边还有老旧的房子,开着宽敞的木门卖各种各样的东西。

挨着喜德县城的地方有一大片草原, 是几个大山包围起来的平地。牛羊成群地在草地上吃草,见不着放牧人,大概在哪个地方躺着睡觉,或者三五个聚在某个阴凉的地方打牌聊天。草原上有高山杜鹃,还不是开花的季节,但能从面积上想象到开花后的壮观。风一直吹着,虽有阳光,却也夹杂着高原特有的清冷。

县城里有七八家做衣服的铺子,里面挂着好看的彝族服饰,男女老少的都有。我有看衣服的爱好,每家必看,买衣服的兴趣倒不强烈,偶尔也觉得自己占了人家便宜。

彝族女子心灵手巧,每个女人差不多都是出色的裁缝,身上穿的滚花衣裙,头上戴的"哈帕",全是自己亲手设计,亲手缝制。以前是全手工的,后来有了缝纫机,衣服花样走直边的,就用缝纫机踩,弯角的地方用绣花针钩,省去了一点点麻烦。但彝族衣服走直边的很少,大多都是弯弯扭扭的花边,有些地方还得挑着缝,针脚要横压在滚花的彩带上,看起来要整齐,要有路数。

老板是开酒楼的,他所谓的理发店不过是酒楼门口还剩下的一间空铺子。里面一样用具也没有。他解释说有开理发店的愿望,不知道怎么买用具,怎么装镜子,所以胆大妄为地把我这个"理发师傅"请来当"策划"用。这么给我安个"官衔",算是满足一下我的虚荣心?

难怪他一路上不说话,看上去思想负担挺重。

我平生第一次相信别人,第一次就被人忽悠。但无所谓,事情已经这样了,还能怎么办呢。

老板的工作是给他老婆做思想工作。这是个典型的"妻管严"患者。他有开理发店的想法,他老婆没有。

我被安排在二楼的一个客房。房间很宽敞,热水,卫生间,电视，写字台，样样俱全。窗台上摆着几盆花，叫不出名字，但开得好漂亮。老板娘偶尔来房间和我说说话，堆着笑容，走时东瞅西瞅，像个探子。我感到一阵委屈。

老板基本上不说话，忙进忙出，有时在鸡圈里逮鸡，有时在大堂里指挥拖地收碗传菜，没有一点老板的样子。我站在二楼，倒像个老板，搓着两手看他们忙。我有怨恨，所以故意不帮忙，白吃白住，要无赖。

他好像忘记了要开理发店的事情，只在突然看见我的时候才想起还有这么一档子事情等着他决定。某一时刻撞见我了，急忙忙一拍脑门给我道歉，然后让我安心住下来等消息，一切损失他来承担。

喜德城边有一条河，河水污浊，河床很宽，两边的树木郁郁葱葱。我喜欢一个人跑到河边玩耍，打发等待消息的无聊时间。河边常有当地的小孩子在那儿游戏，我半生不熟地说着他们的方言，有时候，皱紧了眉头也猜不出他们说的意思。彝族语言也分地区，有些地区的方言我也听不懂。

水牛常来河边喝水，喝饱了就在边上滚澡，而河边的小孩子，也经常扔石子打它，想将它赶走。

山上有荞麦地，散落的种子忘了季节，长得很有样子。玉米秆高高低低，有的鼓鼓囊囊，有的干干瘪瘪，站在地里等着农民的失望或惊喜。

山上大多是土房子，有的盖瓦，有的盖草。庄稼汉一手牵着牛，一手提着烟袋,从那些房子走出来,走到地里,一忙就是一天。

年老的人坐在房门口,像一把活钥匙。我路过一家人的门口,老人的眼睛大概看不清东西了,正在剥一个煮熟的土豆。土豆皮没有剥干净,还沾着没有洗净的泥土,和着就吃下去了。我站在路边发呆,狗冲我不停地叫。老人好像是听不见响动了,嘴巴里本能地吐出一些问话:“哪个?哪个?”

背柴的女子腰杆弯曲,谦卑地在山路上行走,无论早晚,无论天晴下雨。小孩子扛着一根不小的树枝,长出来的部分拖在身后,像自己的尾巴;汗水长流地跟在母亲身后,一路小跑。

我没有再去河边。嬉戏的孩子,背柴的女子,孤单的老人,破旧的房子,这些,我都没有再去看。那个晚上我做梦了,在梦里一瞬间变老,老得像鬼。

第二天梦醒后,我打点了行李,也和投军一样利索。等消息的日子比等死都难受,我不愿再浪费时间。窗台上的花谢了,虽是短短几天,却像是过了一个季节。我对着落花想明白了很多事情。比如机缘,比如巧合。也许老板不是故意说谎,他真的有他的想法,可平白无故带回一个“理发师”,老板娘也应该有她的想法。我何必为难一对原本快乐的夫妻。

老板娘那张防贼一样的面孔,在我决定离开喜德那天终于舒缓了,露出春天般的笑容。这也使我感到愉快。

我离开的时候,老板挽留了一番,说很快就会商量出结果。我笑着拒绝了。他从裤兜里掏出几张百元票子,以此补偿我浪费五天的光阴。我从中间抽出一张,算是跑一趟的路费,其他的都还给他。老板的脸上飘过一丝尴尬。

回程的路上,又见到那片草原,我深深地望了几眼,想把那些风景都装进我的眼睛里。

那些活在风景里的人,常常让我在后来的日子突然想起,比如现在,那个扔石子打水牛的小孩,他的嬉笑声时常钻进我的耳朵里……

所有贫穷的地方,都是我前世的故乡。

阁楼记

那是个初夏,我租住在一间白色的阁楼上,墙顶斜斜地盖在上面,地板呈浅黄色,能照出我的影子。墙壁最矮的地方只能站一只暖瓶。

房东太太是个胖女人,电话一打过去,她艰难地摇闪着、用她最快的速度向我走来,脸上带了几分生意人的笑。

"是你要租房子吗?"她问。

"是,"我指着墙上的广告,"阁楼出租,是吧?"

我想象着阁楼的样子,在什么书里看到:阁楼是一间不大的木房,住着一个美丽的女子,她在木窗前弹一支曲子,窗外是一片草地——我要做那个女子,即使不会弹曲。

我完全陷入想象,忘记自己的身份只是流浪在此地做工的外乡人。

"一个人住?"房东太太和我说话。

"是。"

“啊,这样最好啦。阁楼最适合一个人住。冬天的阁楼暖和,夏天也不热,你买一张竹席、一把台扇,夏天就不会很热——这个你可以听我的,我有经验。一个人住阁楼最舒适,你住下就知道。”她打开门,领我上了五楼。

女房东收了一百块钱房租和一百块钱押金。她给我三把铜色的钥匙,如果我把钥匙并在一起,它就和彝族人的口弦一样了。

我像个货郎一样搬进一只箱子,零零碎碎掏出一些东西,有衣服,有彝族裙子,也有老家带来的石头和一小包泥土。

阁楼里什么也没有,连最基本的床也没有,除了我自己和我的箱子。我又把石头和泥土装进箱子里。

“睡地铺好,滚哪儿都摔不下来。你看,一个人住是不错的吧?房子太大住起来不好。这样最好的。”女房东指着门边的一块水泥台子,“这里可以放点衣服。随你喜欢。你放什么都可以。”

管它呢,这是我的家了,我这样想。

“那么,我走了。你自己收拾一下。”她胖乎乎的身体在我眼前消失。

放下箱子到洗澡的地方看了看,拧了一下水龙头,水在管子里咕咚半天才跑出来,冒出一股锈味。

我给男朋友发了一条信息,告诉他我在江南了。写到“江南”两个字心里有些甜蜜和诗意。我和男朋友还没见面,我们只在网上的视频里见过。他是个微胖的男人,说着一口纯正的湖南话,不抽烟,不喝酒。也许喝酒,我并不知道。

我的脑袋在阁楼的矮墙顶撞了好几回，总是想不起这是阁楼，猛地站起身，脑袋险些从脖子上滚下来。去你妈的，我想这样骂着哭它一场。

住进阁楼一两天就感到寂寞了。它不是木房子，而是钢筋水泥筑起来的硬墙，表面刷了一层白石灰，在白天看起来冷漠透了，在晚上看来也没有一点温情。

日子还是要过下去。

一床翻新的棉絮花了十五元，那是我在一家卖旧棉絮的店里买来的。当时还听见店铺背后传来的做棉絮的机器声。老板娘浑身粘着棉花从里间出来，好像她是从周公的梦里走来的一样，打着哈欠，给我拿了一床最便宜的。我躺在棉絮上，总会想到她的模样。

翻新的棉絮一抖开，灰尘就出来了，没有藏好的棉花也会跑出来。我几乎每天要跪在地板上捡棉花——称它们棉花一点也不准确。它们是黑色的，一种腐烂模样的寒酸颜色，像是这个房间时常下着的黑色的雪。

阁楼一进门就要脱鞋。房间太小，地铺离门太近。我要把鞋子脱在门背后，然后赤着脚走到床上去。

忘了说，我来江南之前就与男朋友约好要见面。在这个约定之前，我也曾想去湖南看他，不知道为什么他没有同意。我在地图上翻看湖南——它所在的那个城市，觉得这辈子只会爱那个城市了。

我和男朋友见面了。那是个五月天气。我真想说，我很后悔与他见面——如果我能预知那是一场破败的结局。不过见面的感动还是有的，他站在车站门口，夏装打扮，挎着黑色的包，穿一双拖鞋。我很意外他穿一双拖鞋。没有人第一次和女朋友见面穿拖鞋的。

“你穿拖鞋啊？”我找不着话说，很愚蠢地说出心里的话。

“啊。我喜欢穿拖鞋。”他笑了一笑，非常随意地回答。

我看了他一眼，心里胡思乱想。我觉得他是地图变来的。因为这之前我天天翻看地图，看他所住的城市。

见面是短暂的，他很快回到工作的城市。之后一个月见一面，或者两个月。他是一家饰品店的采购，偶尔来我所在的省份批发货物。我们没有太多话说，如果很有话说了，那一定是在争吵。一定是为了他的绯闻和我的怀疑在争吵。他上网，那家网站的论坛里全是他的“新闻”。

有一次我告诉他要去湖南找他，他吓得很，说自己还没有租房子。我问他，不租房住哪里？他说，和饰品店的老板娘住在一套房子里，老板出了一趟远门，托付他照顾一下她们母子。老板娘有个九岁的儿子。

我气得冒烟了。有哪个蠢货老板会把自己的老婆和儿子托付给一个青年男子去照顾？

“你们住在一套房子里？”

“嗯，住在一套房子。”

“你们吃饭在一起？”

“是。”

"那老板娘是你的老婆,那九岁的儿子是你的儿子吧?你上次买的一架玩具飞机不是给店里做样品,而是给你的儿子。"我这样给他回了一条信息。心里羞怒、委屈,我面红耳赤。

他最后给我回了四个字:无理取闹。

那个晚上,我躺在阁楼,幻想着扛一包炸药去湖南,与他同归于尽。

我当然没有去湖南。我坐在阁楼上哭,那是个冬天的晚上,快要过年了,我赤着脚坐在地板上,面前站着一瓶二锅头。酒已经喝得见底,瓶身对着窗口。他打了无数个电话,我挂了无数次。最后在凌晨收到一条他的短信,写着:我是爱你的,你怎么那么多疑?我想想不甘心,回了今生最后一条短信给他:去你妈的。

我承认自己粗鲁。

我不知道他是否收到那条短信。他有四五张手机卡。我曾拨打过一个,已经停机。但在离分手的前一阵子,那个号码又是通的。

那个晚上想了许多事情,想到女人深陷爱情的愚蠢,想到付出的感情,想到自己的漂泊,最后想到死。但终究没有去死。肿着眼泡去洗了一把冷水脸,整张脸浸在水里,趁着有水,又流了一些眼泪在水里。

我的父母知道我和他交往,却不知道我们已经分手了,他们打来电话问我要他的照片。我发了一张尚未删除的照片过去。父母看了他的样子回道:

"这小伙子长得富态,好!"

过了一阵子,我基本走出失恋的痛苦。对着买来的一面圆镜子骄傲地说:这样的男人配不上你。

父母后来也知道了分手的事情,他们又劝我说:“脑满肠肥的样子,一看就不是什么好人。分得好!”

新认识的同事听说我分手了,显出十二分的兴致问:“这一次是真的吗?如果是真的,那就恭喜你了。如果是我就不会给他那么多机会改正。狗改不了吃屎,懂吗?我就说嘛,网上的男人不可靠。”好像现实里的男人一定可靠似的。

“网上的男人不就是从现实里走上去的吗?”我想争辩什么,但是没有说出这句话。她说的也有道理。

分手后,我偶尔邀请同事来阁楼玩耍。如果这样的时候还是一个人面对阁楼的空荡,会疯。

同事大多是云南人,会给我捎来一些腊肉。我也会请她们吃饭。虽然女房东交代了不能在阁楼炒菜。我们偶尔喝点白酒。

我在阁楼里失去了一场爱情,却迎来了许多友情。但是心里清楚得很,一切的热闹只是为了掩藏内心的失落。我并没有那么洒脱。

阁楼最适合一个人住是骗人的,它最适合的是蟑螂和人一起住。它们简直像鬼,在深夜里簌簌爬来,爬到我的被子上,袖筒里,过分的时候干脆卧在我的脑门上。白天也会看见它们趴在白瓷碗里睡觉,睡死过去的也有。我很怕它们,想要搬离阁楼,但是除了阁楼,还有什么房子的价钱便宜呢?我妥协了。每晚做着噩梦见周公。

有时候看见女房东在楼下走过，我就趴在矮窗前，伸出脑袋在窗口喊——你给我再减二十块。奶奶的，这里蟑螂多得不得了！女房东有时装作没听见，有时也会仰着脑袋说：

“我说姑娘，蟑螂有什么好怕的？实在要怕，可以买蟑螂丸毒死它们。我这个房价已经很便宜啦。”

我想来想去，阁楼有蟑螂也许更热闹。

妹妹是在秋天搬进阁楼和我一起居住的。想来有点内疚，作为姐姐，不能很好地照顾她，不能租好一些的房子。当她站在阁楼的门口，抱着一包行李说：“姐，像地下室。”我的眼泪就想冲出来。

“阁楼很好，从前有个画家……”

“——他住在阁楼里，最后成为一个大画家。是不是？”妹妹接了我的话笑着说。都是差不多的性格，她并没有那么娇气。我们在一起上班，雨天同撑一把伞，夏天穿彼此的衣服。我们的衣服是共用的，今天这件衣服在姐姐身上，明天就会在妹妹身上。

因为针织厂不景气，我们时常在作坊间换来换去。换工作最挣不到钱。

有一天，是个下午，她从菜市场买回来一块肉，长条的，大概二三两的样子，看着有些肥。我在阁楼洗衣服。等我洗完衣服出来，正好撞见她开门进屋，我看见她把肉高高地举起，送到我的眼前晃了一晃，说：“姐姐，今晚我们好好打一回牙祭。”

我能说自己一点感觉也没有吗？那肯定不是。我心里抽痛了一下。我想到，在这里的日子这样悲惨，连买肉的钱都要省下来交房租。我莫名其妙地迁怒于那个女房东，觉得自己花了房租把她养得那样胖。但是，人家凭什么让你白住呢？

我甩着手上的水，装作轻松的样子道："我们去打劫好啦，买两把菜刀别在腰上。到农村去，看见有猪过来就上去割掉它的耳朵。天天可以吃猪耳朵。"

"好！"她豪迈地把那二两肥肉甩在台子上，摸起菜刀比画，好像黑旋风李逵。

"我们小时候在河边住，日子也不好。那时候房子还不如现在这间。那是一间草棚子，四面透风。"我回忆着。

"可是，草棚子好歹是自己的。阁楼是人家的。也不晓得家里过得咋样了。上个月就寄了两百。肯定买完肥料又不剩钱。我们寄得太少了。要不，我们再换一个厂吧？"她叹了一口气。

我们没有再说下去。说到窘境的时候总不愿意多说。

那一晚的牙祭没打好，炒煳了。

阁楼最难熬的是夏天，女房东建议的风扇席子之类，一点用处也没有。睡到半夜爬起来冲水，水也是热的。

熬过了夏天，其他三个季节就不算什么了。虽然冬天难一点，睡在冰冷的地板上感到腰痛，好像在夜里背着一座冰山狂跑。

秋天的阁楼最舒适，因为它的舒适，也很感激女房东，不再缠着她减房租。阁楼的窗口对着一片棉花地，那时棉花已经收完，棉花地里站了一些枯草，它们一色是枯黄的，没有一点绿色，像一场远古的回忆。我想起刚来的时候，闹了一个笑话，我问一个人："棉花的花怎么喊,是喊它棉花花吗?”

那个人笑了我一场,最后带着他的爱情和棉花一起消失。我偶尔会想起他。

晚上躺在阁楼里,如果下雨,我和妹妹就会早早关灯,斜躺在窗前,听雨点洒在草丛里。妹妹也是多愁善感的人,她会跟我谈心事,然后冒一句:“我的这一生——”

她的一生也不过才十九岁。有时候,漂泊可以瞬间催老一个少年。

“我们都一样。”我平静地说,那样落雨的夜晚,实在没有心情去劝说。

到了春天,已经住在阁楼很久以后的春天,突然想要换房子。我们有一天出去闲走,看见许多的梧桐树叶子都绿了,花草站在树木的脚下,三个孩子在草花里捉蝴蝶。

“搬个家吧?我们也买一些花草放在阳台。”妹妹说。

我望着草花和树木,以及嬉笑的孩童,觉得人生的趣味很浓——外面的一切与阁楼的一切不一样。阁楼早就不是书中的木房子。它的矮窗憋得人透不过气,它的顶墙常让人脑袋起包,它的窗户下的棉花地荒芜得像一场旧梦。

确实应该走了,留在阁楼的旧梦里做什么呢?

“明天就搬。”我吸了一口草花的香气,痛快地说出这句话。

搬离阁楼的那个上午,下了一阵小雨,蟑螂从水管的边孔里爬出来,好像要跟我道别。妹妹抱着一床棉絮,逃跑似的走去新租的房子。

我把阁楼的地板清洗了一遍，然后踮着脚尖走到门口，深呼吸,带上门,好像自己根本没有来过这里。

农妇(三章)

手

黄昏后这里就没什么可看的了，几只麻雀和乌鸦从桃树林飞走，桃树林立刻变得寂静。我出生在这里。我想看一些这里没有的事物。

山里有人出去干活，听说坐火车去了很远的地方。我没见过火车，在别人的描述里，我把火车想象成一种叫声很大披着铁皮衣裳的虫子。从山里出去的人回来好阔绰的样子，话音变了，听上去有点可笑，但还算好听，只是那穿着有些奇怪。那穿着不讨我奶奶喜欢。我奶奶说，看那熊样还说赚了大钱，像赚大钱的样子吗？出去时还穿着一条完整的裤子，回来就剩下半截啦！还说赚了钱，呸，你听他吹死牛！

我倒相信他们确实赚了钱，他们回村的第一天总是给我们这些孩子买许多糖。没钱干吗给别人家的孩子买糖？

我追着这些见过世面的人问很多问题。

“伯伯，你赚了很多钱吗？”

“很多。”

“外面的钱像树叶一样多吗？”

“像。都铺在地上哩，只要弯腰去捡就行啦。”

“不下汗水就可以吗？”

“可以。一颗汗水也不用下。”

“你背了很多钱回来吗？”

“去去去，瓦罐嘴，小矮凳！”

我问到最后总是无一例外地被轰走。他们说赚了很多钱，可是出去坐了一趟铁皮虫子就不再去了(大部分人不去了)。倒是那出山的见闻后来成了酒桌上说烂了的话题。每一场酒席必不可少的就是那山外的见闻，翻来覆去地说，说不完地说。再后来那山外的见闻说得要升仙的样子，一个比一个玄乎，孙伯伯说他有一次遇见了唐僧，他带回来的那几颗白色珠子——就是挂在孙婶子脖子上那几颗——是唐僧送给他的。

孙伯伯带了几颗珠子回来后再也没到山外挣钱。他比从前更爱喝酒了。孙婶子起先非常生气，她只要一有机会就跟人诉苦，她说孙伯伯没出息，外面那么好赚钱，连唐僧都愿意送他珠子，还守在这穷窝窝。后来她就想通了，我去她家玩耍，看见她把珠子供在香火板上。

“你拜珠子做什么？”我说。

"瞎说！我拜的是菩萨。唐僧是神。我信他。你屁大点的娃娃懂什么。"

孙婶子除了信唐僧以外还信后山那个大石头。她每次割草往那里路过都要扯一把新鲜的草放在那石头上。石头长得像个人形，在它头上放草的人越来越多。我莫名其妙在那石头顶上摸着一颗红纸包着的糖，妈说那是神仙送给我吃的，那以后我也信它了，并且天天跑去摸它的脑袋，可惜再没摸着糖。

桃树林是孙婶子家的。连着桃树林有二十几棵桐树，也是孙婶子亲手栽的。这个地方离她信的那个大石头不远。

这几年桐树开花结果，孙婶子用它换了不少柴米钱。

我就爱在黄昏后到桃树林玩耍。有时带上几个和我一样大的孩子，有时谁也不带。大人说这里闹鬼，可我一次也没看见。我倒时常看见孙婶子。

"短命娃娃，天晚了还不滚回你的狗窝。"如果我在黄昏后还在桃树林逗留，就会遇见孙婶子，她总爱用这种见鬼的话招呼我。

妈说孙婶子的手是抓钱手，她家的钱肯定和树叶子一样多。从那以后我就关注起孙婶子的手来。我想看看抓钱手是个什么样子。想看她的手必须到桃树林等着——这个时节最合适不过，这是收桐子的季节——她必须穿过桃树林，然后到桐树林捡桐子。

那天我故意去得晚一些，天虽然黑尽但月亮老早就跳了出来，地上白亮亮的。我带的手电没有派上用场。为了不引起孙婶子注意，我轻脚轻手来到她背后的一棵桐树下。

“我帮你捡。”我在孙婶子背后看了一会儿,觉得捡桐子十分有趣,突然就说话了。我忘记我是隐藏在她身后的。

孙婶子扑通一声摔倒在地,半天才回过神来。

“鬼呀你!”她一边骂我一边摇摇晃晃站起来。

我看到她的手了。当我跑去扶她的时候,她扬起来想揍我的手瘦巴巴的,被电筒光一照(这时我打开了电筒),又是昏黄的样子:一层昏黄的皮裹住几根细骨头。

那天晚上,我给孙婶子照亮,她一边捡桐子一边给我讲她的老家(她不是本地人),讲那些我从来没有见过的她的亲人。她的手在桐树叶子里翻来翻去,起先捡的是桐子,后来捡的是石头。

“你捡错啦。”我说。

孙婶子不回答我的话,只顾着讲她的故事。她也不管我是不是喜欢听。我看见她抬起衣袖往两只眼睛上擦了一下,于是将电筒光照到她的脸上,她的脸早就挂满了泪水。不知为什么我也跟着她哭了起来。那时月亮走在脚边,她抓了一把树叶叠在月光上,好像要把月光埋在树叶下,可是叶子垫得越高,月光长得越高。我盯着妈说的这双抓钱手,它在树叶里翻来翻去,翻出一个一个黑色的桐子。手的颜色在月光下看不清楚,但它像两支筷子在这碗一样大的桐树林里捡石头。我也分不清桐子和石头了。我们捡了很多石头,也捡了很多桐子。我们把这些桐子和石头用麻袋装好了搬到大路上,在月光下把看得清的石头挑出来,看不清的背回家去。我打着手电跟在她后面照亮。那天晚上我好像不是我妈生的,是孙婶子生的。我很高兴地当她的“尾巴”,在桐树林和她家之间跑来跑去。孙婶子告诉我,她只能在晚上才有时间来收拾这些桐子。我们搬到月亮快要从山顶落下去才收工。

从桐树林回来,孙婶子把背回家的桐子放到屋檐下,这时候她点起了一把松明,就着这光线把软一些的桐子挑出来放在一边,硬一些的放在另一边。她坐在屋檐下,一边打瞌睡一边剥桐子。用一把带钩子的小刀挑出桐子的果核,装进一只缺了半个边的簸箕。

第二天我从孙婶子家床上醒来,吃了她亲手给我烙的饼。那双想揍我的手不那么黄了,但还是那样瘦,也黑。

孙伯伯干完坡上主要的农活,剩下的时间就用来喝酒。家务事或者收桐子这样的小事情他是不愿意沾手的。他基本不讲什么山外的见闻,逢人只说五个字:“这酒好。”“狗屁。”孙婶子给孙伯伯安了许多绰号:死狗,病鸡,癞蛤宝。

有人跟喝多了酒的孙伯伯开玩笑说,你婆娘长了一双抓钱手,她抓的钱都被你喝酒啦,你这个败家的!你为什么不出去抓钱!

孙伯伯扬起酒瓶,摸一摸没有胡子的下巴:“没文化在哪里都当驴!出去干什么?抓钱?狗屁!”

我和孙婶子一到天黑就到桐树林见面了。她可不管孙伯伯抓什么,反正她自己是要抓桐子,黑色的桐子,黑色的石头,她将它们装进麻袋,拖到月光通明的大路上一个一个去区分桐子和石头。

脚

阿色的妈妈说她的脚生病了,再也起不来了。可我去年还看见她光着脚板干活。

不过她真是起不来了。一天到晚坐在火塘边，浑身一股烟火味,灰扑扑像一只老猫。她反正也没什么事情可干,所以没事就抱着她的脚板撕脚皮。我反正也没什么事情可干,天天跑去看她撕脚皮。

她先弯起左脚,把脚皮撕下来放在右边,再弯起右脚,把脚皮撕下来放在左边,等左右两只脚都打整干净了,就把两边的脚皮收起来放入一只胶罐子。我捡了一小块儿脚皮看了看,那皮子还有些纹路,略粗,干燥,对着阳光照一下还能看见一丝肉色,这样子不像蛇的纹路,不像……可能就是蛇的纹路。她的脚有些肿,脚踝像圆形的柴疙瘩,撕完了脚皮就往那疙瘩上吐点口水,然后用双手轻轻去按摩。

阿色的妈妈说话口水四溅,嘴里起着泡沫星子。住在她隔壁的阿牛婶子说:这个癞子,我想想她的脚皮就要反胃！还有那说不完的话,那口水……

春天的时候，我在一棵桃树上扯了一朵花拿去给阿色的妈妈看。我突然想起已经很久没去看她。阿色说,她妈妈就要发霉了。

她真的发霉了。我是说她的脚霉了。阿色的爸爸不知从哪里找来的草药,把她的双脚裹得胀鼓鼓的。裹脚布上沾着柴灰,看起来就像是发霉的样子。

你们出去玩。阿色的妈妈有气无力地说。这时候她已经没有脚皮可撕了。半闭着眼。

疼吗？我望着她的脚。

阿色的妈妈睁开眼睛，笑了一下说，不疼。

第二天早上，阿色的妈妈喝农药了。人们用大粪水把她灌活了过来。隔了二三个月我才敢去看她。她还是坐在火塘边，脚上包着的草药已经取掉了。中毒后的脸色不如从前好看。阿牛婶子也来看阿色的妈妈。她提了十来个鸡蛋和一把面条。我很奇怪地望着她的眼睛，因为她一进门眼里就冒出两颗眼泪，并且嘴里轻声说道，造孽了。

阿牛婶子一来我就被赶出来了。我不愿意立刻走开，守在门边听她们说话。

阿牛婶子说，都是团转人（邻居），送你几个鸡蛋你还回送我一双新鞋，真让我不好意思。（阿牛婶子发出一阵悦耳的轻飘飘的笑声。）

阿色的妈妈说，雀子都有心肝的，可是人没有。我说要下山去看看吧，他只给我一把草药。我越想越没意思。

她们各说各的，说到太阳要落坡了才散伙。

阿色的奶奶等阿牛婶子走了之后才进屋，她指着阿色妈妈的脚，慢吞吞地说，这女人的命就是骡子和马的命，脚就是骡子和马的脚，去年这骡子还能走路，这马还能驮东西，今年就倒大霉啦。这都是命中所带。你生在这样的地方有什么办法呢？这样的事情谁都有可能遇到。

阿色的妈妈偏着脑袋，默不作声。

阿色的奶奶继续说，马有摔断脚的时候，骡子也有起不来的时候。我们都是这样过来的。不要动不动就喝药啊上吊啊跳河啊，都这样想这世上就不会有人了。两口子吵打是正常的事情。他喝点酒是解愁闷，他说你吃闲饭是开玩笑，你不要和他计较。我生的儿子我清楚。

这时候外面传来几声猪叫，阿色的奶奶跑出去看了一下，又回到门边说，还是请毕摩来看一看你的脚。这样下去可不好。我一个人就一双脚，一双手，我能走多少路、干多少活呢？

阿色的奶奶说完又走向猪圈，在猪圈的门顶上抽出一把镰刀，上山割猪草去了。

秋天时，阿色的妈妈好像可以走路了。我撞见她从火塘边站起来准备去桌子上端水喝。可是我一进门她又坐下了。阿色的奶奶坐在门口大声说，装瞎的人看不着路，装聋的人听不着话，装这么久不怕报应吗？阿色的奶奶沉着脸往地上吐一泡口水，阿色的妈妈也在火塘边沉着脸吐一泡口水。

快过年了，阿色的妈妈和阿色的奶奶吵了一架，第二天阿色妈妈的脚就好了。可能是草药起了作用，她比以前走路更带劲。我看见她拿着那只装了脚皮的胶罐子走向菜地，菜地边是悬崖，她一扬手把罐子甩了下去。

我和阿色在菜地里玩耍，她跟我们说，好好读你们的书，不然一辈子就要像我一样，住在这狗窝里。

我看见她把双脚踩进一堆猪粪，将猪粪和泥土踩得细细的，用板锄将它铲起来装进一只竹背篓，背去菜地。

背

刘婶子走路往上一冲一冲的，像一个人形的皮球。没两天我就学会她走路的样子。在我更小的时候学过一次，没学会。现在我学会了。第一次学我爹揍了我一顿，现在轮到我妈揍我了。

我妈说，再学下去我就要成驼背，再学下去，她就要一脚把我踢到外婆家去。我外婆家离这里好远，一早走到天黑才到。我爹说话更有趣，他说，你不听话不听话，我一片儿脚把你扫到松新去。松新是我们赶集的地方，比我外婆家还远。这个“一片儿脚”让我笑了很久，我想不明白它是什么样子。

刘婶子是驼背。她是汉族人。我们这个村彝汉混居。汉族人喊她刘驼背。彝族人喊她……老母牛。她的肩膀很宽，手大脚粗，能背很重的东西，像牛一样。彝人曲比阿妈伸长舌头说，只有牛能背这么多。

刘婶子家每年杀两头过年猪，油水好，我爱去她家蹭饭。她家住着大瓦房，房顶装有亮瓦，天黑时坐在屋里，抬头就看见月光从亮瓦上掉下来，正好砸在人的鼻尖上。可惜我家住的茅草房，月光即使漏下来也是碎的,像泥沙一样洒在鼻尖上。

刘婶子有两个儿子,大儿子个儿矮,小儿子个儿高。她最疼爱小儿子。她说,高闪闪的个子,挂个灯泡也不费力,瞧,额头饱满,嘴大鼻高眼睛亮,这样子将来是要当官的。

为了能让小儿子当官,刘婶子拼命干活。她的背驼了。但是她干活的力气没因驼背而减少。她在坡上栽红薯藤子,半弯着腰杆,有时单腿跪地,有时双腿跪地,像爬虫。

我不喜欢刘婶子的小儿子,他的脸瘦长瘦长,说话尖声尖气,手里经常提一根棍子,见人打人见狗打狗。他把曲比阿妈的孙子揍得鼻青脸肿。曲比阿妈说,这小杂种应该让他妈重新生一遍。

这小杂种……

刘婶子喊他的小儿子不喊名字,她喊他“幺儿”。喊大儿子用的却是绰号,“狗腿子”。刘婶子说,他的幺儿力气非常大,可以背动一座山。

曲比阿妈说,只有吃奶的娃儿才喊幺儿。这都长得快要比他妈高了还幺儿。呸。

反正刘婶子就这么一直幺儿幺儿地喊, 直到把她的幺儿喊得比她高,才慢慢不喊了。现在这幺儿读到中学了,刘婶子比以前更忙。好几个晚上顶着月亮在坡上收苞谷。秋天了,她穿着一件灰色马褂,一双绿色胶鞋,头发绾成一个圆溜溜的鬏,用一根尖尖的她老妈送她的银簪子插在上面。有天晚上月亮不是很好,我从外面回家,看见她一冲一冲正对着我走来,我当时没有认出她,以为见鬼了。于是双手抓住耳朵(我爹说害怕的时候抓住耳朵就不怕了),满头大汗地学着之前我奶奶教我念的驱鬼的话:“你走你的，我走我的,你没看见我,我也没看见你。”我越念她越走得近,我一着急就哭了起来。那之后我生了一场重病，我妈说我的魂被刘婶子吓掉了。

可是刘婶子也掉魂了。因为她的幺儿没考上高中。那天我看见她坐在墙根抹眼泪,无精打采,跟她说话她也不理。不过那次抹眼泪之后我就没再见她哭过。她又跟我们说,读不读书有什么关系?有本事的人不读书也有本事。

她的幺儿好像真的有本事。听说他出去给人家当保镖挣了不少钱。只有曲比阿妈不相信刘婶子的幺儿会挣钱。她敲着簸箕说,他会挣钱的话,老母牛的腰杆就不会弯成一根秤钩。上个月才看他从家里拿走一沓钱。从家里往外挣的吗?

刘婶子当然不承认自己给了小儿子钱。她说那钱是小儿子之前给她的,现在她小儿子手头紧,她硬塞给他做路费。

那天我又看见刘婶子的小儿子回来了。以前都是回家三天五天才走,这一回当天就走了,而且好几天没看见刘婶子上坡干活。我后来才听曲比阿妈说，刘婶子被她的小儿子用烧火棍照着背上打了一下,因为她没有钱给小儿子做路费了。后来的消息比刘婶子背上的伤更严重,她的小儿子在外地跟人动刀子,被抓去关在牢房里,要好几年才能出来。这回刘婶子不避任何人就哭了,一连哭了好几天。

刘婶子搬去另一个村了。从那里去看她的小儿子路程近。她家的老房子没有卖,刘婶子搬家那天指着老房子说,等她的小儿子出来,她要在这里重新盖一间大房子,养十头猪,一百只山羊,五十头牛。她说是人都会犯错,犯错了不代表他没有本事。

老房子里的东西都搬走了,只有那墙上还挂着一把锈迹斑斑的弯刀。房顶的亮瓦也少了一块,我有时偷偷从窗口爬进去,在那空荡荡的房子里看月亮。

小顺才

小顺才来了,小顺才抱着他的一扎草烟来了。他神气活现地出现在我住的村子,正巧遇上在路边放羊的也布。小顺才从来不和人打招呼,但这一次,他居然跟也布打招呼了,他说,彝教娃儿,你叫啥名字?

也布愤怒地斜眼看他,末了,学着大人的样子和声调吼:“滚你妈的蛋!”

也布讨厌别人喊他“彝教娃儿”。虽然他真是彝教娃儿。

生着闷气的也布回到村里,坐在一块石头上跟我讲这件事情。还没讲完,小顺才又来了。这已经是第二天了。他昨天受了也布的吼,今天养好耳朵,又来了。

也布迈开两条细腿,伸出两只手,摆出一个大字形立在路中央拦住小顺才。昨天占了上风,今天气势凌人。

小顺才,你龟儿子又来做啥?也布学着汉人的口气。他和汉人孩子吵架学会很多骂人的话,这是其中一句。

小顺才是个野人，也是个傻子，经过村里男女老少一百多号人的鉴定后，他是傻子加野人无疑。

小顺才没有亲人，也记不住自己的姓氏。他的名字是个谜，他并不清楚这个名字怎么来的，你问他，他说他不叫小顺才，那叫什么呢，鬼晓得。

他的名字来得莫名其妙，姓氏也消失得莫名其妙。包括他从哪里跑到这个村庄后山的崖洞里居住，也没有人清楚。

他没有故乡，没有亲人，什么都没有，他只有一个莫名其妙的自己。

小顺才应该也算自力更生的，虽然他傻，却会找柴卖。可是他天天找柴卖，也要天天讨饭。他有一把钝刀，从来也不晓得磨，就是那把钝刀，将一百斤一捆的柴，打理得漂漂亮亮。一百斤柴可以换到两块或者三块钱，他却不识数，有了钱也不晓得怎样花。

没有花出去的钱，从来也不在他的身上，弄丢了或是被骗了，他也说不清楚。

有人笑他，说，小顺才，你崽儿有钱了吧？昨天又看到你卖柴。

小顺才挤一挤眼睛——没得，没得。

这会子也布正拦着他的去路，他慌了，结结巴巴说，让开，让开。这口气和“没得没得”是一样的。

说，你去哪里？也布不让他过去。

饿了，去你家讨碗饭吃。小顺才是看着我说的。

在我眼里，小顺才是个大富翁，他每个星期卖一次柴，可以得到两块或三块钱，有一次我亲眼看见他把钱掏出来数——假装数。我当时看得很眼热，羡慕小顺才的钱，也羡慕他的腰，虽然他背柴的样子十分难看，瘦巴巴的，被一百斤柴压得像一把快要残废的弯弓，就那样，人家也一步一步把柴背到街上去了。

为了显示钱多，他喜欢收零钱，他当然不知道两块钱是多少，应该是多少。假如两块钱给他四张“伍角”，他不太高兴，给他一张“贰元”，他更不高兴，只有给他二十张一角，他高兴得要死，拿着一大把两块钱(有可能少一两张)，飞一样地跑回山洞。

下一次，他肯定要把柴卖给付他二十张一角的人，其他的人，他会十分厌恶地说，你们都是骗子，少给老子钱了。

我听他要去我家找饭吃，有点不乐意。几乎每次肚子饿了，他都会首选我家。

我家没饭了。我说。

其实有，蒸了一甑子，我撒谎了。

可以煮啊，我等。他把也布推开了，用他背柴的力气。

想着那顿饭免不掉，我又想起他的草烟，也许可以要一把草烟给父亲。我试探地问，你的草烟呢？

被偷了，放在山洞里，今天早上起来就没有了。说得好伤心的样子。

确实，小顺才的山洞没门，遭小偷是难免的。而且洞子不大，落雨天，他能睡觉的地方只有巴掌宽。他这个情况与村里一个老人的传说相像，当然，他没有传说里的那个人有才。

传说里的那个人是骗子，那骗子是没有办法，他太穷，住在高山上的窝棚里，讨不着老婆，但他脑子好使，所以出山去了。他出山后，遇着一个美貌的姑娘，他对那姑娘讲：我住的房子，那是天点灯，风扫地，又省煤油又省扫把；我吃的更好，一天三只鸡，板凳天生成，四脚可落地；至于我盖的铺盖，那叫恶狼袋，比起那软塌塌的棉花被，强太多。

就这样，那姑娘被他骗来了。一看，确实，窝棚不盖瓦，盖着稀疏的草，露着小孔，晚上有星星月亮，天点灯便如此得来。下雨如何糟糕，他不提。一天三只鸡，实际上说的是“箕”而不是“鸡”；他顿顿吃的土豆，一天三顿都用撮箕装。板凳没有，直接坐在地上，所以“四脚可落地”。至于恶狼袋，指的是破麻布口袋，那就是他说得比棉花被还强的铺盖。

以小顺才的口才，与那传说中的主人相比，差太远。他太糊涂。

但他有时候是不糊涂的，比如问到烟的事情，他又很机敏地领会着你可能想要他点好处。于是，他说，烟是没有了，下次我卖了柴，给你一张钱。他不知道钱怎么算怎么说，他称“一张”。

小顺才不糊涂的地方还有一处，那就是遇着一些彝族小青年，他就会很有礼貌地喊人家教他彝话。他说，你们教我说“饭熟了没有”。他觉得这句是最重要的，会经常用到。

那些青年多半是二杆子，教了他一句骂人的话，他拿着这句话四处去说，差点挨打，才弄清这句话可能说不得。

还有，他会打工，他打工求的不是钱，只是三顿饭。只有饿极了,他才会跑到需要帮忙挖地的人家请求,他说,我顶一头牛,你不信可以试试。那也是二杆子青年教他的大话。试过的人家都知道,他顶的不是耕牛,是地牯牛。

小顺才的天赋只在砍柴和卖柴上。试过他这头牛的人家,都不愿意请他,哪怕只需要供他三顿饭。

他将这些遭遇讲给我的父亲听时,已经坐在我家的桌子上吃了五碗饭。他是个饭桶,也许之前不是,只因为饿得太多,才把胃饿成一只桶。当他要第七碗饭,给他添饭的我已经跑来跑去不耐烦,一直站在甑子边,脚有点发酸。

坐在外面听他讲闲话的父亲也着急了,那是小顺才要第九碗饭的时候,他开始着急。

他不晓得饱足,不会撑死吧?父亲低声和母亲说。

小顺才耳朵尖,他听到了,他说,不会的,我还差小半碗就饱了。

这话听起来怪可怜,好像他之前只吃了小半碗。

甑子已经空了,他也终于吃饱了,整数,十碗;我给他添饭,来回跑了十趟。

我们家的草棚门矮,小顺才出门撞在门框上,赶紧后退几步,弯腰走出去。他吃得太饱,弯腰时脸上扯出一丝难受的表情。

记住,一张钱。小顺才走的时候,我提醒他。

留了私心的,等他卖了钱,我就抽"贰元",没有"贰元"就抽"伍角"。我上二年级了,认得钱。

小顺才是个没有记忆的人。他昨天做的事情，或者上午，乃至刚刚做的事情，一转身就忘了。过了一个星期，我问他要那张钱，他眼神空洞地看着我，黯然地坐在洞口，像块人形的石头。

又过一个星期，小顺才失踪了，我和也布跑到他的山洞查看，里面只剩下一块破布和一些干草，围成一个圆圈，像一个烂鸡窝。掀开干草和破布，下面是一块石板，一点石疙瘩也没有，磨平了。靠石壁的左边，有烟熏过的痕迹。

山洞的顶上长着新鲜的青苔，看来是连连下雨，没有睡处，才急迫地搬了家。

洞口摆着一块石头，那是小顺才的“板凳”。也布坐在上面，学着小顺才的模样，傻呆呆看着山壁上的胡须草。

洞子的旁边，还摆着几捆没有卖掉的柴。

小顺才不会回来了。我说。

心里很难过，为了他欠我的一张钱。

会的，他龟儿憨兮兮的，跑不远。也布望着山下的小路，说得好自信。

小顺才真的没有回来，回来的是他的消息。听到他消息的那一年，是我辍学的第二年。

他其实没有跑远，就住在我们周围的另一个山洞里。听说那个山洞旁边有熊。

小顺才没有被熊吃掉，他是撑死的，又有人说是渴死的，他的死，和一些讨饭者的结局不太一样。也布告诉我，小顺才在另一个村庄讨饭,之前生了七八天的病,一直没有力气下山。他遇上的人家看他实在可怜,领他去随他吃饱。听说他吃了好几斗碗。

用“斗碗”形容,肯定比我家的十碗饭多。

那时候的小顺才,已经瘦得皮包骨头,他拄着拐杖,很艰难才把那几斗碗饭装出门去。

他是死在一条水沟边的,发现他的人看见他手里拿着一只破碗,努力向着水沟爬,从那个样子可以想象,他急切地想喝水,但是,只离水沟两步远的地方断了气。

小顺才被火葬在三岔河的河滩边,涨水的时候,他的骨灰被河水冲走了。他是没有姓氏的,没有名字,那个名字是捡来的,他时而承认,时而否认。火葬他的人无法给他留一块哪怕破木雕刻的墓碑——因为他没有名字。

亮火虫救命

天擦黑了,小弟闹着要去大爹(我们那里称大伯和大伯母为大爹大妈)家看电视。

电筒坏了,我们在厨房找了几根松明做火把。

“干啥去?”妈在背后追问。她看见我们了。

“想要看电视。”小弟扁起嘴巴。害怕妈不同意,他压低声音,表示请求的样子。

“不要看得太晚了。火柴拿了吗?”

我这才想起没有拿火柴。摇一摇头。

妈在灶头的窝洞里掏出一盒火柴,抽去许多,留下四根火柴在盒子里,递给我了。

她把火柴看得很金贵,不舍得浪费一根。

“如果擦火柴玩,那么只有摸黑回来了。”妈警告我和弟弟。

“晚上有鬼,你怕不?”走到红椿树边上那条满是野草的路上,我忍不住问。

“鬼是啥？”小弟奇怪地望着我。

“鬼是鬼。”我也解释不来。

去大爹家也不算远，从红椿树下走过去，经过一块萝卜地，再爬一段斜坡，由两座坟的后面直走一段平路，穿过“一碗水”那个天然山洞，然后开始数羊，数到一百只羊就到大爹家了。一只羊代表一步路。但是，我们谁也没有数到一百。数到五十就乱了。

一碗水是水井的名字。水是自然流淌的泉水，从一个雷劈开的大石头底下冒出来。这个石头斜盖在井面上，拱起有一座房子那么高，它的面积也是一间大房子的宽度。它是什么时候被雷劈开的，我不清楚，也许一千年以前吧。村里的人只是传说，他们谁也没有真正看到。石头底下是一条路，取水和赶路的人就从石头底下经过。好像这个石头会变戏法。

晚上要经过一碗水是可怕的，这里只适合白天去。晚上石洞里滴着岩浆水，像鬼在流泪。

小弟走在前面，我紧跟在他身后。到一碗水时，我赶着他快走快走，他还是慢悠悠不慌不忙。他小得连鬼也不认识。其实我也不认识鬼。我只是怕鬼。

晚上一碗水的小池子里发着幽光，另一块大石头卧在水井的下方，石头上长着已经发黄的草，它们还没有被风吹走，草丛里有亮火虫飞来飞去。因为有亮火虫，我好像也不怎么害怕了。

“这个虫虫叫‘萤火虫’。”小弟很得意地停下来，指着草丛里发着光的亮火虫说。

看电视真有用,起码知道亮火虫的真正名字。

走到大爹家的院子里了。

大爹家的狗在院墙脚卷着尾巴睡成一个圆圈。狗抬眼望一望是亲戚,不吭声。

门关着。

"——妖怪!吃俺老孙一棒!"透着门缝,看见孙悟空摇着金箍棒,朝那漂亮的妖精头上砸去。

门从里面闩上了。我轻轻推一推,推不开。

"大妈先前还在门口倒水呢,都看见我们了,咋转身就关门啦?"小弟凑近我的耳朵低声说。

"还看不看?"我这样问他,心里希望他说"看,我喊门"。

"你喊门吗?我想看。"他好像要哭。

"你喊。你小些。"我推脱着。我才不管他哭不哭。哭了更好。

"站这里看一会子就回去。我不敢喊。"他轻轻地说,接着就把脑袋横过去了,身子歪歪地弯在一边,两只眼睛竖着对准了门缝。他就这样隔着一道门看起孙悟空来。

我也把眼睛直线地搭在门缝上。从门缝里看孙悟空,他是一只真猴子。他的眼睛在门缝外根本瞧不清楚。还有大妈、大爹,在火塘边玩耍的小哥哥也看不清,他们只有半边身子,看起来更像妖怪。

"哈呀,飞得好高,飞得好高!——那头上满是珠子的婆娘是哪个?"大妈歪着头问大爹。

"啥婆娘!人家是王母娘娘。"

“王母娘娘？难怪飞那样高。王母娘娘也是婆娘嘛。”大妈笑呵呵的，往门的方向看了一眼，又很快地扭回去看电视。

我们站在门外很久了。冷风像鬼手一样掀着我的头发和衣角。我的后背开始冒冷汗。前几天死掉的彝族老婆婆，好像就站在我们身后，伸出她干黑的手在扯我的头发。

我紧紧抓住小弟的衣角。他太矮，我要半蹲着才能将他的衣角完全握在手里。这时候电视我也不想看了。听说鬼怕鸡叫，也怕狗叫，但这个时候鸡也不叫，狗也不吠。我很希望它们突然发疯一样地叫起来。

“走啦。那妖怪被孙悟空砸死了。”孙悟空放完了。小弟把眼睛从门缝上挪下来，望着我。

门缝里的人都在收拾板凳了，我晓得，大爹很快要出来透透气，然后再回屋睡觉。得赶快离开，不然要被他发现。

身后吱扭一声，门开了，可是我们已经走了，已经数到第四十只羊。

到一碗水的大石头边，我们开始点火把。这是小火把，实际上我喜欢点很大很大的火把，就像过火把节时点的那样大，那样明亮。但这个路边找不着太多的蒿枝棍。找着了也不让点，大人看见了以为我们在玩火，怕我们把山烧起来。第一根火柴没有划燃，它的脑袋上顶着的小红花被小弟划掉了。第二根，第三根，一直划到第四根，才将火把点燃。妈掐得真准。

“扑——”，有什么东西在石洞里弄出响声。

“鬼！”我心里立马这样反应。拿着火把的手抖颤起来。可是我又觉得鬼不应该弄出声响，它应该像奶奶说的那样，是轻飘飘的，没有丝毫声音又看不见的东西。奶奶说，人只能凭感觉去知道鬼的存在，鬼从来不会站在人的面前使你看清它的面目。当然鬼知道人的面目。我这样想着，不害怕了，手也不抖颤了。

“好像有雀子。”小弟走在前面，松明的亮子打在他的脚下，他的影子被扯向一边。他的头发像鸟窝一样蓬乱地被照到地面。

“说不定，雀子在下蛋嘞。”他走得有些累了，说话不能连贯。

晚上会有雀子来这里下蛋吗？我只晓得白天会有蝙蝠挂在极其阴暗和极其隐秘的石洞下，只能隐约看见它们的翅膀。要低头走到洞子低矮的地方，才能见着它们像蜘蛛一样粘在崖壁上。

“扑——”，那声音又响了一下。这回我确定不是鬼了。鬼不会接二连三地暴露自己。

我举高了火把在崖壁上看。崖壁滴着水，在晚上，那些水珠子变得暖和起来。石壁的最里边堆着一些石沙，混着泥土，长着几根稀稀拉拉的草，我将火把凑到石沙的方向，那里空空的，没有什么东西。

“昨天有个娃儿在这里抓住一条蛇。花的，筷子那么粗。”小弟指着石崖上的一个小洞跟我说。他嘿嘿笑着：“他以为洞里有雀子蛋。结果——”

“他一定哭了。”这样说着，我已经走到石洞的角落里去了，没有走在路上，我想看看刚才响动的是什么东西。

“哭了。你在找啥？”

“找雀子蛋。”我不能跟他说找鬼。

小弟也走到我身边来了。他的一只鞋子陷进泥浆里。上个月才给他买的新胶鞋,就这样穿脏了。不过也无所谓,他就喜欢脏,不脏也要弄脏了才穿。就这双新鞋子,买回来给他穿上还哭呢,嫌新,生了一会子气,自己脱来站在断墙上甩到泥灰里,又跑去踩它几脚才捡来套上。

石洞里的响声没有了,好像根本没有什么别的响声,除了石壁上的滴水声。

“啊,真的有雀子！”小弟指着井水边那棵水麻树,那上面停着一个小黑点。仔细一看,是水黑雀。

“走吧。”我放心了。

“你说那妖怪咋死的？”走到岔路边,我想起没有看清楚的最后一小节。那时我在担心鬼扯我的头发。

“被孙大婶用棒子敲死了,一直敲一直敲,敲碎在地上连渣子都看不到,孙大婶才没有敲。”小弟说得很仔细。

“孙大神真厉害。我要是有他的金箍棒就好了。”我没有说“我要是有他的金箍棒就不怕鬼了”。没有金箍棒,连“鬼”也不敢提。虽然心里总是想到鬼。

“是孙大神,不是孙大婶。”我又提醒他。

“是。我喊错了。”

“我要是有金箍棒,就从大爹家的门缝里钻进去,变成一只小蚊子蹲在他的肩膀上看。"小弟用手比出一只蚊子凑到我眼前。

“金箍棒又不会变。”

“会变。”他肯定地说。

“把我们关在门口好几回了。”我抱怨道。

“今天晚上风大。关风的。也有可能关狗。大爹家的狗也会看电视呢。”

“嗯。”

一边说着风大,风真的就大起来。火苗子被风吹得歪来扭去。到了那两座坟墓背后,火把好像要熄灭。

我们蹲下来,用四只手搭成棚子,把快要熄掉的小小的火舌盖住,它在我们的手掌中艰难地亮着,好像燃尽的油灯最后的火焰。

逐渐小下去的火焰外,四周漆黑,好像处在另一个黑色的世界里。这时候,庄稼地里飘来了粮食的味道,使我清楚自己的家就在红椿树对面的坡地上,那道门里还有微微的亮光,妈一定敞开着大门等我们回去。

火把被挡在手掌下,两座坟墓也看不清了。我不再感到害怕。当一切都看不清的时候,我反而不害怕了。

“摸黑回去吧。”我放弃了要把逐渐熄灭的火抢救回来。

“不!”小弟固执地、更认真地将他的手团来围住火把。甚至,他把火把揽向怀抱,用半个身子弯腰去护住火苗。火苗是那样脆弱,好像生病一般的微弱,他抱着那团生病的火,希望它活过来,不要死去。

“亮火虫救命,亮火虫救命,亮火虫救命——”小弟突然连续地喊着,他的手一直捧住火苗,蹲在路边,靠着路坎,抱着这团微弱的火。

在漆黑的夜里,他像是一个发光体,虽说是微弱的光。

他又喊着这团光:“亮火虫救命,亮火虫救命——”

我也帮他喊。

亮火虫真的飞来了几只,就在我们头顶一闪一闪的。我们喊得更大声了。

“喊啥喊！小短命崽崽！黑咕隆咚蹲在路中间。”

回头一看,是半山上那个彝族叔叔来了。他背着一只麻袋,麻袋里装着什么东西,好沉重的样子。

“还不回去吗?在这里喊啥?古蒂啊也(淘气娃儿的意思)。”他厉声道。

“喊亮火虫。”我小声地说。

“不是喊亮火虫。是喊亮火虫救命。”小弟歪着脑袋,手没有松开,依旧捧住那团火。

叔叔擦着汗水,长长地吁出一口气。他把麻袋抵在路坎上,把穿着的褂子脱来垫在肩膀部位。那苞谷是他借来的,从山下的汉人那里,今年借来明年还,要加倍还,一百斤还一百四,或者一百五。他家今年的苞谷栽少了,不够吃。他和我们说他深夜赶路的原因,他好像忘记我们是小孩子。

叔叔又指着那麻袋苞谷说:“越背越重呢。那汉人的秤怕是有问题。”他忍不住哈哈一笑，好像捡了一个大便宜。

“快回去吧。不点亮也看得见。”他说完就走了，背着沉重的麻袋，踩着黑色的路。他好像生着夜眼，好像那些马、牛、驴子和羊，它们在夜晚也是不需要点亮。

这时候天空露出一点点淡色的亮，没有月亮，也许有，但是云层太厚，月亮钻不出来。可以模模糊糊看清路边那些黑色的草，还有萝卜地里栽着的苞谷；苞谷还没有熟，长条长条的细刷刷的影子密匝匝地立在那里。苞谷丛里有鸟虫的叫声传出来了，正当这个时候，它们的歌声才唱得最响，也最放松。白天这样唱是要被人惊扰的。比如锄草的人，一把就将它们的老窝扯掉了，它们得重新找地方安家，然后才有空闲唱歌。

萝卜地一直用来撒萝卜，年年撒，而且萝卜长得也好，比其他任何地的萝卜都好，就这样，它得了“萝卜地”这样一个名字。虽然它也种苞谷，也种麦子，还撒白菜。

淡色的光照到我家的竹林上了，它像是一缕游走着的最微弱的月光。竹林还是一团黑影，远远看来，它没有丝毫可爱，只是一团可怖的黑影。

奶奶家的狗叫起来。它的名字叫黑狗。因为它全身的毛都是黑的。狗一叫，鸡也赶热闹，尤其是那只笨鸡，它以为狗叫就是天亮了，也跟着喔喔地吼起来。

真是！正希望它们叫的时候不叫。

黑狗跑到我们身边来了，凑近了才认出是我们。当然，它还没有凑近我们,我就朝它大声喊话了:“黑狗,黑狗,是我们,亲戚哦,不要认错人啦!”

黑狗听了我的话,甩摆着尾巴跑到我脚边蹭了几下,走了。它是不需要照亮的。如果它是牛,哪怕是只猪,只要它能驮得动我们,我们都愿意骑它回去。它跑得飞快,才一会子工夫,它的声音又从奶奶家的门口传过来了。

“亮火虫救命,亮火虫救命——”小弟还在念咒一样地喊。那朵火苗子还是不死不活,它既不彻底地灭掉,也不痛快地燃起来。它在耗着我们的时间。

“干脆丢它远点,摸黑回去啦。”我有点烦躁。

“莫闹,我就不信它不亮。”

“还不如逮几只亮火虫照亮。可能比你那火把强。”我懒散地说。

“是哦,我咋没想到!”小弟手一松,火熄了。他把冒着松油味道的松明甩在地上,站起来跺脚。很快就不动了,他停在那里,僵直地站着,连说话的声音都发着颤:“脚蹲麻了。”

我松了一口气。我以为——

亮火虫不发出任何响声,它们在我和小弟的周围飞来飞去。看不见它们的翅膀,也许亮光就是它们的翅膀吧。萝卜地里的虫子这时候也不叫了,它们闭着嘴巴,好似给我们一个悄声捕捉亮火虫的机会。

“捉到两条!”小弟把亮火虫说得像是鱼,他捂着手,抱成一个拳形,在指缝间,亮火虫撞来撞去。“它的屁股会发光!”小弟开心极了,他完全不在意自己握住的两只亮火虫根本不能给他照亮。

“你没捉到吗?”

“没有。”我垂头丧气。

“分给你一条好啦。”他大方地说。随着,他把手微微露出一条缝。“你捉一条去。”他小心地凑过来。

我捉了一只特别亮的,用力过猛,差点把它捏死了。

我们把亮火虫握在手心,好像真的就看得见路一样,弯着腰杆,低着头,尽量把亮火虫的光照到地面去。可是那光根本是无用的。地面仍然看不清楚,除了亮火虫本身看起来很亮。但是我们假装看得清楚,按照白天走路的记忆,正正地踩在路中间。

到了红椿树沟里了。这条不浅的山沟被一人多高的杂草塞得满满当当。过了红椿树,爬一段小斜坡就是平坦的直路。路边的一排桃树,此时不开花,也不结果,它们的黑影子乱杂杂地站在那里。

我的亮火虫不亮了,到了家门口,我一松手,它困难地卡在我的指缝间,死了。我不敢跟小弟说,但到底还是说了,并且装得十分惊讶。

“呀!它死了。你看。”

小弟凑过来望一眼:“把它吃了吧,是肉呢。我上回吃了一个蚂蚱,很好吃。”

妈听见我们说话,她站到门口来了,眼睛斜斜地望着我们,好像迎接两个野人。

竹林里的麻雀

它们飞到竹林里的时候是黄昏,在黄昏里开了一个会,次日的清晨,鸡叫第二遍时又来了。昨日的到来,是为了一个集体的约定吧。它们约定以后就住在竹林里。

这些细小的麻雀——我只能用细小来形容它们。当我的奶奶从草房子的矮门里走出来,我就指着它们喊:看,它们像黄豆一样!

奶奶当然要笑话我。

这个村子是孤独的,甚至,我这个不大的孩子,也会在某个时候感觉到心慌。这些山、水、石头、泥土,以及叫不出名字的花树和草,在黄昏来临的时候,都罩着一层薄薄的雾——不只是下雨才会有雾,在高山环绕的村庄里,太阳落山以后,雾气便一点一点上来,直到它们变成夜晚的黑。

我有时找不着玩乐的游戏。许多游戏都玩腻了。在晚上,更是没有什么意思。麻雀在这个时候都睡了。它们睡得早,起得也早。

有那么几个无聊的老人坐在黑漆漆的院子里聊天，聊那片枯死的庄稼,或者,聊那只昨晚不知怎么死掉的猫,聊到动情的时候就落下几滴看不见的眼泪。她们到了这个年纪,心里只剩慈悲。

母亲的鞋垫要在傍晚才有时间缝补,还有奶奶,还有三婶,还有我的大伯母,她们像约定好的一样,差不多在同一个时刻来到竹林边,一起缝补。她们有时候莫名其妙就吵架了,也许为了一个鸡蛋,也许为了谁多给谁一把米。

奶奶是村里唯一清闲的人。她有时从竹林里突然钻出来,手里握着一个鸡蛋。不知道她什么时候钻进竹林的。我感觉奶奶比我更会玩游戏。

我从此就钻进竹林去了。

奶奶和我有时在竹林里相遇,彼此都会大吃一惊,因为都在认真找鸡蛋,不清楚对方什么时候进的竹林。

竹叶实在太厚,除了用眼睛,还得用手。当竹叶翻遍了也没有鸡蛋,祖孙两人才心甘情愿从竹林里钻出来。

出来要快快地打水洗脸、洗手、洗脖子,竹叶上的竹毛痒得人难受。

竹林里的麻雀在黄昏最是吵闹,但也有闭嘴的时候,比如竹林下的女人吵嘴了。

当然也有男人吵架的时候。男人吵架只是干吼,吼完就走。如果要打架,也是打完就走。他们很干脆。那不干脆的必是醉鬼,他不与任何人吵架,终日躺在竹林下,咒骂,呕吐。

春天是这个村落的忙日子。女人不在家,男人也不在。只有几个小孩孤零零立在某个地边,无所事事。春天没有什么好玩的,除了去山林把开得最好的山花一朵一朵掐掉，把那些刚刚冒出芽的嫩草一脚踩回地下,真是没什么事情可做。

“这娃儿真是坏透了！”——如果得不到大人们这样一句责骂，花就是白掐的,草也白踩了。

麻雀似乎想着搬家,在夏天的时候,我看它们全部飞到水井边的一棵水麻树上,那么小的树,居然可以站满所有的麻雀成员。它们说话的时候,嘴里似乎含着一口泉——咚咚咚,然后是——叮叮叮。也许我形容得不对,但这没什么关系。那些我听不懂的话,就从树叶的枝丫间漏下来。

过一阵子,麻雀又回到竹林里来了。这时候,已经是秋天。

秋天是母亲不得闲的季节，她要把收回来的粮食都晒在院坝里,然后派我站在那里守护这些粮食,她去坡地里继续忙碌。

麻雀在这个时候就从竹林里飞下来，它们落在院坝里的苞谷子上,看上去,它们不比苞谷子大多少。滑稽得很,它们居然张大了嘴巴,想把根本不能通过它们喉咙的苞谷子吞下去。

对于这些小贼，我只是看着。反正它们最终不能偷走一粒苞谷。它们最终会可笑地站在那里着急惊慌，又似乎带点羞愧地尖叫。

如果我实在不想听它们吵叫,就抓一把苞谷子撒向它们。

母亲让我守护这些粮食,以为我是个精明的孩子。她错了。我是个稻草人。假如老天爷跟我开玩笑突然下雨,我不会把晒着的粮食盖起来,我会像稻草人那样,只是忠诚地站在院边,实在受不了雨水,才会退到屋檐下。

我想之所以我受不住雨水,是因为我没有稻草人那样的草衣。

母亲只让我看着场地上的粮食,除此,她没有交代别的事情。她不交代的事情,我绝不自作主张。

我挨打了。

有一天我的奶奶和大伯母吵架,她们分别把自己栽种的南瓜从地里摘下来砸在地上,然后指着树上的麻雀骂,说,就算是麻雀,也有心肝五脏,人就这么无情无义吗?

我不清楚她们为什么吵架。也许是为了一个南瓜?

麻雀是无所谓的,当它们看惯了这个村子里的人的性格和生活,也就无所谓地长久居住下来。

有时,我羡慕它们有翅膀,可以飞,可以在比我高的竹林上跳来跳去。但不是长久的羡慕。

我有时候也会糊涂,我想不明白麻雀是不是有耳朵,当它们被骂的时候,它们毫无反应地住在竹林里继续歌唱,只有竹竿扫在它们的尾巴上时,才大祸临头地惊叫着飞走。

除了没有耳朵,它们的眼睛很明亮。这个我可以确定。

月色明朗的夜晚,麻雀似乎也懂得赏月。它们在竹林里低声轻叫,声音就像草地里偶然滑落的露水,这声音不往地上落,也不往竹叶上落,它们落回麻雀的喉咙里。麻雀卷进喉咙的声音,仿佛是一个轻柔的赞美,它们不大声唱出这个赞美,只把它卷在舌头底下,好似一颗什么甜蜜的东西,往舌下一压,把那丝甜蜜吞下去了。

这是我所感觉到的麻雀们的自私。

我也有自己的自私。我还是个孩子，我的自私是天真而粗暴的:我用竹竿扫开它们。

我一点也不担心它们要永远飞走,我清楚,这些可笑的家伙会在黎明飞回竹林,甚至会在我转身的时候已经飞回来了。

只要竹林还在,麻雀一定会飞回来。

八毛钱

我十岁的时候，父亲在乡政府背后租了一间小土房准备开面馆。赶街的人要从这里路过,父亲认为将面馆开在岔道上生意会很好。

这是我们第四次搬家,不过这一次搬家令我感到骄傲,即使那间小房子并不属于我们,但听着“开馆子”这个词,就会使人激动。一个常住于茅草房的人,突然要住进土房子,并且顶上盖瓦片,一时里,竟感到自己摆脱了窘迫的身份,不用再低着头听同龄人的奚落和讽刺,自尊心回来了,就长在头顶,于是,我每一次出门,都把脑袋高高抬起,虽然这会让我的脖子很不舒服。

父亲在整理面馆的最初,我和母亲还暂时住在河沟边,守着那片菜地和苞谷地。家里还有只猪崽,面馆那边已搭好了猪圈,只等选个好日子将它赶过去。

自从干爹的疯牛卖掉以后，我就不放牛了，住在哪里都很清闲,我的任务是上学,吃饭,玩,睡觉。

闲着的时候,我最爱玩一种游戏,那就是学西方小孩子走路,那是我在学校读书时,跑到有电视的人家里看到的场景。我拿着一根松枝做拐,慢慢地拄着它走到假装是餐厅的石头边,对着那块石头非常优美地说:萝卜丝太太,请给我一杯奶酪。

这个游戏玩得生厌了,父亲的面馆也开张了。

"米线面条",木门上用粉笔竖写着四个大字,有了这四个大字,家就不是纯粹的家了,是馆子,是客人歇脚的驿站。

四个大字是父亲请人写的,以一碗米线作为酬谢。天刚亮,那个人将"招牌"贴上去,父亲放了一串火炮来庆祝面馆开张。

面馆与家有什么区别吗?在我眼里,没有丝毫不一样。进门就是灶头,支着一口小铁锅,一口大锅,煮猪食的锅安在最里边。然后,往里走两步,就是两张桌子,八只板凳,墙上挂着一些竹篮,竹篮里装着蔬菜,还有别的什么东西。农作的用具,藏也藏不住地放在墙角。

每一次赶街路过的人,我都主动站在门口喊他们,生怕他们不知道这是面馆。"要不要吃面条呢?"我将手往后指,"我们家的面条馆子,大碗一块,小碗五角。"那些人笑笑,真的会走到门口与父亲招呼几句,但不会买一碗尝尝。

生意冷清得有点过分,一个月只卖出几十碗面,许多买来的小菜都自己吃掉了,米线和面条干巴巴挂在墙上。

面馆开到月底还没赚到钱,父亲只好去放电影,他租了一些录影带,背着从姨妈家借来的电视和 VCD,到乡政府,或者学校,以及一些办喜事的家庭去放,放一晚十元或十五元。路是很远的,用一只大背篓背着放映用具爬坡下坎,从早到晚地奔忙。父亲的脚上有黑透了的茧子,肩上也有,只是颜色淡一些而已。

许多时候是收不到现钱的,那样远的山路跋涉过去,放完了,主人却说没有钱给,只好赊着,赊到有一天主人实在不给,也就算了。父亲不会为了钱与人拼命。“也许人家手头真的没有,一文钱逼死英雄汉,何必哟。”他总是这样回绝母亲的责备。

父亲放电影的日子,母亲自己撑起冷清的面馆,虽然冷清,也要继续开下去。小弟和小妹只知道玩泥巴。那个年纪,不玩泥巴是一件很不幸的事情。

我感觉自己十分懂事了, 不会像小弟和小妹那样只知道玩泥巴,当然我也会去玩,但我更多的是想着帮面馆拉生意,可笑的是,我拉的客人基本上没钱, 因为都是些小孩子。我不敢跑到邻居那里,对着一些高出我几个头的庞然大物游说。

邻居的一个孩子的父亲去世了,不久,我发现这个孩子手里有八毛钱。这使我欣喜,我当然不会抢她的,只是希望她用八毛钱买一碗面条吃,我可以给她煮一大碗,少收两毛钱算是朋友一场的情分。

按理说,她的父亲刚刚去世,我不能对一个失去父亲的孩子打那八毛钱的主意,但我动了念头,便非要那八毛钱不可了。

她叫欧色,没有上学,与我平时玩得比较好,星期天,我们一起找过鸡枞,割过猪草,背过柴,也偷过人家的果子。她的母亲是个苍老干瘦的女人，整天坐在地头锄草，偶尔从地边经过，会被她冷不丁从苞谷丛里站起来吓一跳。我很少与欧色的母亲说话，她的脸上有一股冷森森的可怕，从来也不笑，像一个被风干的人形，不带任何表情。

欧色有一天想着去找鸡枞，约我一起去，真好，我很快地答应了。

那时的我没有一丁点西方小孩的风度，不会对可怜的欧色说，欧色，你那八毛钱好生揣着呀，不要弄丢了。

好吧，我彻底承认，我当时就是个小骗子，那八毛钱我要定了，给她一碗面，爱吃不吃。

好几个晚上我为了那八毛钱做梦，梦见它们都会说话了，跑到我的跟前请求，说我是它们的主人，只等个合适的机会，便要跳到我的包包里来。我还梦见一些鱼，大条大条的躲在井水下，我用麻绳像牵牛一样将它们一条一条牵出来，我跟母亲说起那个梦，她很惊喜，说这是好事，定有财喜之兆。

我认定这财喜就是那八毛钱。

欧色走到水沟边了，这个破小孩，她从来就不知道鸡枞该长在什么样的地方。那草都不生的地方会有鸡枞吗？悬崖上会有鸡枞吗？水沟里会有鸡枞吗？对我的问题她答也不答，最奇怪的是，为了这八毛钱，我这次居然不叫她改变路线，随她走哪里我就跟哪里。

我荒谬地想，我母亲生我那天，肯定有八毛钱随我一起生来，那八毛钱是我的，而母亲将它弄丢了，现在，我找着钱的下落，便誓死不放弃。如果这个想法不对，那我为什么对那八毛钱如此感兴趣？

我相信我的想法是对的，因为每个黄昏，我总是听见父母坐在面馆前哀叹——钱钱钱，命相连。

我认定我的命与那八毛钱相连。

欧色拿着我的“命”走到山林深处了，松毛遍地的野林里，随时会有什么动物跳出来，实际上不会，动物没有吓人的爱好，就算是蛇，它们也喜欢悄悄从树叶下滑走。

欧色那天穿着十分破旧的衣服，鞋子没有鞋带，用一根草绳系着，“哈帕”已经黑透，分不清红绿，那八毛钱，她折好了装在哈帕里，这个细心的家伙，她把我的钱看得比她的命还重要——那明明是我的命。我有点恨她，却又不敢上前抢，虽说钱是我的，但那钱身上并没有写着我的名字，我必须要牺牲一碗面来换回我的钱，不，应该说是我的命。

欧色并不知道我在计算她的八毛钱，一路上都哼着歌。走到松毛绵软的地方，鞋子也脱来挂在肩上了，赤着脚，才看清楚她的脚趾有许多血泡。“咋来的？”我指着她的脚，她低头看一眼，满不在乎道：“背柴走出来的，还有放羊。没事，都快好了。”

我的游说是在水边开始的，那时候，水边长着宽耳朵草，像袖珍型的芭蕉叶，我摘了一片挡太阳，脚泡进水里。欧色在崖壁上趴着喝水，她用舌头去接水喝。我看着那些水珠子滚进她的喉咙了，才说话。

“欧色，我们家面馆开了三个月了，你一次也没来吃过，你不喜欢吃面条吗？还有米线，那是我妈妈进的最好的米线。”

“啊——扑——”欧色吹掉一口水。“我喜欢吃面条，可是……”欧色不往下说。那时候，我看见她的脸上已经沾满了水珠子，头发湿了一撮，她干脆将头发全部打湿了，揪了一些酸茎草叶子在石头上敲碎，将绿色的汁液和泡沫渣滓一把抓到头顶上去。

“欧色，洗完头我给你煮面。今天我爸妈不在家。”

“不要钱吗？”

“欧色，我们家是开面馆的，吃面是要给钱的，况且你有钱，你有八毛钱呢，如果你去妈妈那里吃，她会给你一个小碗，可小碗根本不够你吃，我晓得你的饭量，大碗的话，你的钱又不够。”我走过去帮她冲水，又接着说，“我给你煮吧，我给你煮大碗的，只要八毛钱就好了，少收你两毛钱，只要你不说，我也不说。”

欧色低着脑袋，把头发甩来甩去，将水珠子统统甩出去。她说：“依萝，我们是朋友哦，你给我煮大碗的，你妈妈会打你。”

“不会，只要你不说。”

“我不会说。可你怎么把钱给你妈妈呢？”

我干吗要给我妈妈呢？却不能这样回答她。于是笑着道：“我可以骗她是捡到的。”

“依萝，你捡到的是我的钱，那样你就要还我。”

我被她的话噎住了。

“好吧，随便你，你今天要是不买我的面条吃，以后都不要来找我玩。"我非常生气地跑到一棵松树下站着。

欧色坐在水边,将她的“哈帕”取下来,那八张角票整整齐齐地露出来了,我本不想看的,眼睛却斜斜地盯着。

“依萝,我想买你的面吃,可我妈妈每天晚上都要把钱拿出来看看,她像数羊一样,数完了再还给我。”

“你的头是羊圈吗?”

她哈哈笑起来。我笑不出来。

把钱当羊一样数,羊会下崽,钱也会下崽吗?我转眼看着欧色,欧色也正好看着我,她突然兴奋道:“依萝,我妈根本不知道我有八毛钱呀,她数来数去,从来没有数清过,她不识数。你给我煮小碗吧,我给你三毛钱,然后剩五毛钱拿回去给她数。”

“啥?那我不是吃亏啦?”

“你说的,送我两毛钱。”

欧色实在是个精明的小孩,她的智商肯定超过我两倍。

我真的给她煮了一碗面条,原本是小碗,但是面条下得太多,两只大碗都没有装完。欧色的那一碗,是一点汤都没有的干面,她吃得有点噎,但也全部吃完,因为她花了三毛钱,不愿浪费。

吃不完的面全部倒去喂猪了,不能让父母发现我偷偷干了一场折本的生意。

欧色把最旧的三毛钱给我,把稍微新一些的又折回哈帕里。顶着黄昏最后一抹阳光,她快快地爬回山上的家。这个撑不死的饭桶,她回家肯定还要再吃一顿晚饭,不然,她下馆子的事情就会暴露。

欧色走了没多久，父母也回来了，从小镇上带回来一把红纸包着的糖果。他们当然不会问我生意的事情，小孩子哪能卖面呢。但我真的做了一笔生意，就算是折本的生意，也是生意。

我不得不说，欧色的母亲是个奇才，她并不识数，但在那天晚上，上帝似乎很眷顾她，让她一下子有了别人没有的超能力。她拿着五毛钱，数来数去，总觉得不对头，她的眼睛是瘦得凹下去的两个深洞，把欧色的惊慌死死拽进洞里，她狠狠地说："你个蠢笨的小孩，你肯定把钱弄丢了，你不要骗我，每一张钱我都摸过了，我摸它们就像摸洋芋一样，它们什么模样，我个个都清楚——你肯定把钱弄丢了！"

欧色不承认，但她的回答是那样可笑，她说："我真的没有去吃面。"

她的母亲鸡还没叫就出门来了，好在欧色比她跑得快，飞一样地冲进我的房子，将我从床上拖起来，奔到岔道上才说："依萝，你快把三毛钱还我，不然我们两个都要挨打了。"

"不行，面已经被你吃了，况且我还少收你两毛钱。"

"我妈找来了。"欧色急红了脸。我往山上一瞅，果然，那个妇人正从松树林往下走。

"欧色，你是个骗子。你骗了我的面条，还是一大碗，你把它全吃光了，只给我三毛钱，现在连三毛钱都要拿回去——欧色，你以后都不要来找我。"

我把三毛钱还给她,她很快地转身就走。

我只是说了一句气话,实际上,我不会真正与欧色绝交。毕竟她知道哪里有猪草,哪里有柴,哪里可偷着好果子吃。

后来,欧色告诉我,她骗她的母亲,那三毛钱她在路上找到了,落在一堆草丛里。她的母亲放弃了要来打我的念头。

面馆很快倒闭了,土房子后面的猪卖给了别人,我们一家人,又空着手搬回原地, 再守着那片菜地和那片苞谷地。哪里来哪里去,这仿佛是命运安排好了的。就似我命里缺那八毛钱,只要丢了,那就丢定了,用什么方法也是换不回来的。我当时并不明白这些道理,暗自觉得父母实在没有本事,为什么连一个小小的面馆都经营不好呢?

欧色和我都把八毛钱看得很重要,实际上,看得最重要的是她的母亲,那个枯瘦的老人,把钱当成洋芋一样轻轻抚摸,甚至当成山羊来数,没数两年,她死了,那八毛钱,欧色将它换成点心,全部撒在了坟头。死去的人并不会吃掉这些点心,吃掉这些点心的是麻雀和乌鸦。

我们曾经看重的一切,全都裹进麻雀和乌鸦的胃里。

武士

桃树下正在练剑的那个人,看见了吗?个儿有些矮,手也短,鼻涕因为跳动粘在嘴角上方,他跳起来还没有一只羊高,不过这不影响什么。他是我的弟弟。他现在是个武士。上回看了一集武侠片回来之后他就成了武士。

我弟弟有一把精心削好的木剑,他成天挂在屁股上,因为他的腰杆实在佩不了那把剑,只好横着别在屁股后面的裤腰上。在武士当中,这样佩剑的恐怕只有他。我们村里有十几个武士呢。

武士们大多时间都在打磨自己的剑，据他们了解到关于武士们练完剑后的工作,那就是磨剑和擦剑。他们模仿着武士们发怒时的样子——严肃,冷酷,杀气腾腾。只要他们见着有鸡在面前活动,立刻就拔剑杀上去了。不过他们的脚劲真让人失望,鸡能甩他们老远。

我弟弟为了能够修炼到最高境界，他甚至偷学了古墓派的睡绳功夫。他在悬崖边的一棵老树上拴了一条绳子,无事就睡在上面修炼。我父亲非常担心,他那关心总显得恶语相向的样子:“龟儿崽崽!你妈的,滚你下去屎都要砸出来!你信不信!”

他肯定不信。有一次滚下去没摔出屎来。只不过很难为情地哼叫了几声而已。之后他照样睡上去练功,他的武士精神谁也比不上。

对了,偷学古墓派功夫的时候,这个武士也差不多十三岁的样子了。他的那把木剑与他混迹江湖很多年,看起来剑身有点腐朽的样子,并且出现了一些小小的虫眼。为了保持剑的威力,他在木剑上抹了黑色的锅灰,后来不知在什么地方弄了点红油漆,最后这把剑就以黑红的颜色与我们相见了。

武士相当孤独,在他的心里,我们这样的人算是俗不可耐的。他从不与俗人交往。这样一来,他真是连一个说话的人也没有。就算十分幸运地遇上一个能说话的,也让他下战书比武给打跑了。

我经常会看到一个影子,傍晚时分,就站在那棵桃树底下,穿一双破洞的胶鞋跳来跳去。狗也想当武士的样子,跟着他跳来跳去。如果是月圆之夜,一家人守着月色聊点什么家常话,我们的武士就显得非常不耐烦,提了剑便出去了。我们坐在屋子里,能听到他嘴里发出来的剑风。

我想他一定会成为一个出色的武士。古墓派的功夫摔几次真让他给学会了。他就像只蚂蚱挂在绳子上,闭着眼睛,一派高人模样。

他还准备去学木工。作为武士,必然与常人不同。普通人会的如果武士不会,那就很丢脸。所以我父亲决定收他为徒,教他木工。说是当徒弟,实际上那就是个打杂的活儿。就跟玉皇大帝封给孙悟空的弼马温一样的职位。

武士乐在其中,练剑之余就去帮忙修凳子,还给墨斗添一些墨汁。他十分喜爱墨斗,这大概是他答应当学徒的原因。可惜学了大半年,一只歪脚凳子也没有做出来。

再后来他个头更高了一些，站在桃树下练剑的时候更加英姿勃发了。桃子成熟时,他飞起一剑就能杀死一个桃子。他这样肯定不讨狗的喜欢。果然,狗再也不陪他练剑了。桃树下的武士更加孤独。

那年十岁

我们搬进那个村庄时,已经是冬天,下过第一场雪,第二场雪正在接着下。

新房子建在河边,是一个不大的窝棚,四面由干草一捆一捆围起来,到了房顶,又是干草一捆一捆盖起来。

搬进去的第二天,爸在窝棚里加了一层,窝棚便成了村里第一所二层楼的房子。我叫它窝棚楼。我和弟弟睡在第二层。

窝棚的内层散发着强烈的干草味,想必是钻进草茎的阳光忘了钻出来。而外层,因为下雪,干草上粘满雪花,像是干枯的草又开了花,但过不了多久,那些雪花就会被干草一朵一朵吞去。

我很快就熟悉了窝棚的一切。下雪的时候,雪花沙沙落在草棚上的声音极其好听,下雨时,雨水砸在门口放着的一只洋瓷盆里,它的声音清脆响亮,与泉水的叮咚叮咚的响声不一样。

窝棚的左边有一个没有封好的破洞,每次有客人来,我都歪着头,把脑袋从那个破洞里伸出去,就像从草棚上突然长出一只脑袋,客人还没有看见我,我已经看见他了,我一说话,他吓得拍胸口喊魂。我喜欢看他们被吓的样子。他们越是骂我,我越是开心。

窝棚的右边吊着一只麻袋, 那麻袋里装着我妈讨来的花生种子,一粒也不舍得吃,高高地悬在那里,就等着下种的季节到来。半夜,那麻袋就像丑陋的吊死鬼,被风吹得摇来晃去。我简直太恨它。因为吃不着花生而恨它。

窝棚边上的那条河不分日夜地哗哗叫。河有我家的两个窝棚宽。河上有条独木桥,起初我要很小心才敢走过去,后来走熟了,闭着眼睛也能在桥上跑。无事的时候,我喜欢去牵那些可怜的老女人过桥,为了得到她们几颗糖的奖赏。我不会游泳。但我不怕掉下去。因为我坚信,如果我掉进水里,我会变成一条鱼。

当然,做好事的时候,我会把妹妹放在河边的草地上。她还没有学会走路,爱哭,爱流鼻涕,爱赖在我的背上。我的主要工作就是背着她在村子里晃来晃去。如果她不听话,我就使劲掐她的屁股,她越哭得凶,我越掐得厉害。

我家里有五口人。弟弟那时五岁多,整天蹲在窝棚前玩他的蹩脚的车子。那车子是他自己做的,有五个轮子,全是用山里的青果子做成。我不晓得为什么是五个轮子。我没有见过五个轮子的车。我问他,他从来都是斜我一眼,不回答。他把车子玩腻了,开始干起迷信来。他往泥土里插三段草根,自己盘腿坐在泥巴上,然后周身抽风一般的抖动,嘴里发着颤音念咒:三得儿哟。他的这套把戏是跟以前那个村里走街串巷看风水的假道士学来的。

但我总觉得这个小屁孩念错了,应该是别的什么“哟”,不该是“三得儿哟”。我没有听过谁干迷信念这个咒。

我爸当过兵,是野战部队的班长,一只耳朵被炮弹震坏了,当时没事,退下来没几年就聋了。在他聋了的那只耳朵旁边讲话,得大声地说,不然他听不见。就这样了,他还要每天到这里开会,去那里开会。开会不关他什么事,他是去义务帮武装部长训练民兵。训练完了,武装部长继续当他的部长。他回来继续当他的农老二。当然了,某个时候还是会得到一件训练服的。他会天天穿上那件训练服,好像得到天下最珍贵的奖赏一样,穿着它干活,穿着它待客喝酒,穿着它烧火做饭,穿着它打不听话的弟弟的屁股。什么时候他高兴了,就把那件训练服穿在弟弟的身上,于是,那家伙就像一只蝙蝠一样把训练服长拖拖地穿到门外去炫耀。训练服很快就变成要饭服了。

我爸是个酒鬼,他每天喝醉,非常要面子地走出酒馆要回家,结果倒在草路边的某个鸟窝里睡到天亮。

我妈才是这个家的顶梁柱。我妈很憨实。她的手比晒干的木柴还要粗糙。她三十岁的脸上爬满了皱纹。

我妈每天守着在山坡上开出的一小片菜地,就像守着她的命。如果菜地生了虫子,她就像找虱子一样双脚跪在菜地里,把虫子从菜心里一条一条捉出来。然后装进什么罐子或者瓶子里,带回家,给那只唯一的母鸡打牙祭。她要买包盐巴没有钱,就去借,卑微而又要强的自尊心使她很久不能开口。她站在人家的屋檐下, 低着头,那屋檐也不矮,不会撞着她的头,但她就是低着头,好像做了什么要命的错事。等到盐巴终于买来了,她又扛着锄头开荒去了,不到天黑不回来。她真是忙不够的样子。她还要继续忙下去。

但她的忙碌无法阻挡我家的饥荒。

锅里的饭慢慢变稀了。突然有一天换成了汤。后来汤里加了野菜。之后野菜也加得少了。爸妈明确地告诉我们,快要饿饭了。

我想,饿饭也没什么了不得的,又不是没有饿过饭。在原来的村子,一年有十几天要饿饭。

果然就饿饭了。稀拉拉的汤里再也看不到一颗苞谷子,好像被天上的雀子叼跑了。我们开始成天吃那种叫天须米的野菜。天须米汤呈紫红色,叶子煮熟了咬到嘴里也感觉粗糙,还带有一种奇怪的味道,难以下咽。它原本是猪吃的,不想后来猪要吃别的,这个得留给人吃。天须米的枝干长得很高,如果一直让它长,可能会长到天上去。我和弟弟一边吃一边哭。

"不吃要饿死的。"爸爸一脸严肃。

"不吃就不吃,哭什么哭!"妈妈说。

那一天,我妈很严肃地对我说:"我们这个家实在太穷了,你这么大了,应该懂事些,这个穷你比弟弟妹妹看得清。我们想把你送人,她是个独身女人,四十多岁了,在城里工作,想找个姑娘做女儿,不超过十岁,我们想着你的年岁也正好符合。她要成绩好的,说将来可以考大学。她供得起。"

妈妈抹了一把眼泪,又说:“不是我们不要你了,是真的无法养活你们三个。你去了还可以回来看我们。你总归还是这个家里的人。”她低头看一眼幼小还不会走路的妹妹。

我眨巴着眼睛站在屋檐下,外面下着很大的雪。我手里提着一只缺边的火盆。火盆里的火炭熄了,冒着黑色的烟子。

我妈说:“你同意不?同意了吭一声。”

我像个木头一样站着。不说同意,也不说不同意。我感到委屈。

为什么送我呢?为什么不送他们俩呢?他们一个还不会走路,成天只会哭。一个不会帮忙做家务,就会做五个轮子的可笑的破车,就会干迷信,喊“三得儿哟”。

我斜着眼睛望弟弟妹妹,眼皮僵硬地支撑着不眨,因为有泪水裹在眼眶里。

那一晚锅里又是天须米。汤色不那么紫。因为天须米少了,汤很多。爸妈为了证明他们绝对是爱我的,给我盛了满满一碗天须米,他们喝汤。

那天晚上,我睡不着觉。我躺在二层楼上,看着窝棚外白花花的雪,它们就像摔在地上的无数个月亮,闪着银白的光。

我的弟弟睡在我旁边的草床上,他大概太冷了,身子蜷在单薄的被褥里,被子一颤一颤的,他在发抖。楼下的火塘黑漆漆的,担心窝棚着火,晚上不敢烧火。

不知怎么搞的,我忽然想通了。第二天就同意了爸妈的提议。

他们要我先给领养我的新妈妈写一封信。

最开始的信是这样写的：

阿姨，你好！

我是一个上二年级十岁的小学生。我很喜欢读书。

你姓陈，以后我也姓陈了。我很喜欢这个“陈”字。我很喜欢读书。

…………

为了表示我的成绩一定可以考上大学，我重复着“我很喜欢读书”。又为了能让她决心收下我，我坚定地要跟她姓陈，并且很爱那个“陈”字。

爸爸把信拿去看了一看，他点一点头，似乎很满意。但他的脸色很难看。

不过我总是觉得信的内容还不够感动人，总觉得还差了一些什么。

很快我就想到了差些什么。对的，就是差“亲热”。我都要去做她的女儿了，怎么还能称呼她“阿姨”呢？于是我又写了第二封信：

妈妈，你好！

我是一个上二年级十岁的小学生。我很喜欢读书。

你姓陈，以后我也姓陈了。我很喜欢这个“陈”字。我很喜欢读书。

…………

这封信的内容不变,称呼变了。我直接喊她“妈妈”。我跟爸妈说,去交信的时候,就用修改好的这封。为了怕他们搞错,我干脆把先前写的那封撕掉。

好吧,从此以后就姓陈了。那天剩下的时间我是在想象里度过的。我想着各种各样的见面的场景,以及更远的事情。

比如,我的新妈妈没有丈夫,她是一个人,她永远都会是一个人。她决定永远独身。她就算不想独身,想结婚了也无关系,她不会生育。以后她只有我一个女儿,我们将会相依为命。她会每个星期给我一块钱或五毛钱, 我就像那些有钱的孩子一样买一颗泡泡糖嚼着,嚼出来的多余的口水,就朝着墙壁吐出去,然后站在一边,看它们一点一点被泥巴吸干;或者,买一个红色的气球无聊地举在空中;在她心情大好的时候,还会给我买一件花哨的衣裳,我就要像那漂亮的公鸡一样穿着四处炫耀。

再比如,我的新妈妈来村子接我的第一天,我希望她开着吉普车来接我。我最喜爱吉普车。我要坐在车子的前座,把车窗摇下来,像那个下乡的贵人一样,围着村子开两圈,手伸出车窗摇啊晃啊,管他妈跟谁打招呼,就当跟谁都打招呼。谁要是跑来问我是谁的姑娘,我就说:我原本是谁的姑娘,现在又是谁的姑娘。

有钱能使鬼推磨,我比那小鬼聪明,我直接喊那有钱女人做妈妈,这样我就不用给她推磨。虽然我还没有见过新妈妈,但是我已经想象到她的面容了。她一定很漂亮。那时,有钱的人一般都穿貂皮的紫色或粉色大衣,还穿齐膝的短裙子。在这样的下雪的冬天,更应该穿大衣。我的新妈妈一定都具备这些。当然,就算不具备也无所谓,我过去了可以帮她挑选。

我再也不用待在这个透风的窝棚里，以后这个窝棚的冷风就留给我那不会走路的妹妹去吹，这个窝棚关不住的雨水就让我那蹩脚的发明家弟弟去享受,还有那锅里紫色的天须米汤,就让他们四个人去喝吧。

到了第三天,我简直都开始盼望我的新妈妈来接我了。虽然那封信还没有寄出去。

我仰躺在床上,想着我的新妈妈,想她快些来接我,或者,我闭上眼睛,第二天醒来就在新妈妈的家里。那么,我从此不姓阿微,我姓陈,我不再是彝族,我是汉族,再一晃十年,我就成了某个一流或二流,最差也是三流的大学生。这样的话,我还要回来吗?想到这里,看着被子里发抖的弟弟,我好像也要发抖了,并且鼻子有些酸。

然而,到了第四天我的梦想就破灭了。我妈又十分严肃而且滴着眼泪说:不送了。

“哪怕喝一辈子酸汤，吃一辈子野菜，也不能把娃儿送给人家。”我妈说。

我爸在旁边看着我,重重地点了点头。可能他们想看到我欢呼雀跃吧。可是没有。

我心里想的是:完蛋了,我的二次投胎完蛋了。我又变成穷光蛋了。

我还得和以前一样,鸡毛蒜皮地活在窝棚里,每个夜晚枕着那条哗哗响的河水睡觉。

我又呆呆地站在屋檐下。我心里觉得好委屈。比听到他们要把我送人的时候还要委屈。

那天晚上,我又把第二封信撕碎了,雪还在下,我将撕碎的信捏在手里,穿过窝棚的草墙,松开,让它们和雪花一起落下。我想,雪化的时候它们一样会化。

五块钱

火车开到漫水湾，离西昌就近了。我开始紧张起来，我的十根手指冰凉，好像要生病了。

我从袋子里拿出一本书，装模作样地看。书中的字一个也没进入我的脑子，虽然它们都摆在我的眼前。

在中途什么地方上车的小伙子踢到我的裤脚了。我弯下腰去，拍掉裤脚上的灰尘。这个动作使我看到他的鞋子，一双灰色的胶制钉子鞋，鞋底沾满了泥巴。

我以为他会跟我说声对不起。

“嗨，你还在读书吗？我坐上来很久了，没有看你说过一句话呀。”小伙子与我搭讪。

“话”是用来看的吗？蠢。而且，踢到别人连对不起也不说的家伙，有什么资格和我说话。我懒得理他。

“我和你说话，你怎么不理我？”他继续说，并且把他的爪子伸过来，竖起食指和中指，一偏，将我的书压下去。

我不耐烦的表情露在他眼前。

“小妹妹,你不会说话吗？”他嬉皮笑脸。

他喊我小妹妹,说得他似乎老掉牙了。我看他顶多大我一岁,说不准比我还小。

车窗外没有风,我看见收秋的人们站在稻田里,还有一些土房子的墙上,爬满了豆角的蔓子。蔓子开始枯黄。

远处无风,可以看见那些收庄稼的人擦汗的样子。近处,火车的轨道边,那些叫不出名字的花树被风吹向一边。它们此时还开着,并且开得和春天一样火热,一定是算错了季节。

“姑娘,你真是哑巴吗？”

这个鬼一样的家伙,就那么喜欢说话吗？

我把眼神收回来,定定地望着他,不说话。这回,他倒有些不好意思,收起笑,把伸向我这边的脑袋缩回他的位置。

他终于肯安静一会子了。这样,我也可以继续想我的问题。

我的问题是无法解决的。我身上只有十块钱了。这一次回家,我弄得极其狼狈。我那刚刚分手的男朋友,他给了我十块钱。我现在就剩这十块钱。我想把这十块钱扔出窗外,再漂亮地骂一句:“该死的混蛋男人！”这样,我的骄傲的自尊心可以得到一些弥补。

但是我没有。自尊心在这样的状况下狗屁不如。

我去看他的时候,我身上所有的路费已经花光。

我花了五块钱买香蕉给他的父亲,花了十块钱给他的母亲买了几块蛋糕,又花了多少钱给他买苹果,我现在想不起买苹果花了多少钱,总之,我的钱就这样他妈的花光了。

我花光我的钱给他买这些东西,等我站在他家门口,像个漂亮的乞丐扛着这些东西站在他家门口,我却不敢进去。他的门上贴着两个喜字。我以为我走错了门。那门内坐着一脸喜气的女人。

“你是谁？”我终于压下怒火,尽量平定气息跟那个女人说话。

“你找他的吧？”她一甩手走了,不跟我多说。

他听到说话声,从里间走出来,呆了一下。

“我是喜欢你的,你看那墙上的情书,我都不让她撕。我是怕你一时无法接受,所以不敢写信跟你说。我以为你会因为收不到信慢慢忘掉我。”他低下头,又说,“我父母担心你干不了农活,再说,你肯定也是干不了农活。”他说得那样肯定。

他用一张五块和一张十块的钞票决定了他的终身大事。

我认为他应该用硬币。反面正面,这样多简单。他说他没有硬币。

十块钱代表我,五块钱代表那个女人。两张钞票往空中一扔,哪张先着地,他就选择谁。

五块钱先着地。我就成了那个倒霉蛋。

然而我必须承认,这是我听来的最荒谬的笑话。

我坐在他家门口吃光了五块钱香蕉,我想,不能便宜他。自己的父母我还没有这么孝敬过。我又将几块蛋糕塞进嘴巴,接下来就是苹果了。他大概怕我撑死,把剩下的几块蛋糕和苹果抢去放在一张短腿的桌子上。

如果我不来看到真相,我还会一直给他写信,我会说:某某哥,此时秋天了,落叶黄透了,已经半年没有你的消息,你过得好吗?你去年寄给我的黄桷兰终于烂掉了,不,是枯干了,变成了褐色的灰。我把花的骨灰装进瓶子里,偶尔拿来闻一闻,还能闻到花香呢。如果你收到信,回信时再寄我一朵吧。

但是现在不用了。这种书信以后再也不必写。

他贼兮兮地递给我一张纸条,上面写着:千言万语,等到打电话再说。后面是一串电话号码。

他以前有一部老爷机,现在卖给他的朋友了,他说他会在某天借来用一阵子。就等我给他打电话。

我说:“不用打电话了,打你吧。”一个响亮的耳光落在他的脸上。我的手感到酸麻。

我想着各种各样的报复的方式。比如,我现在跑进他的厨房,抽出菜刀,砍掉他曾经搭在我肩膀上的那只右手,再砍掉他曾经牵我的左手, 这样他就完蛋了, 我再拿着血淋淋的菜刀去找那个女人。但是我还没有想好要不要把她的左手和右手一起卸掉。更何况我不能确定,我是否干得过她。

我放弃了要去报复。实际上,这根本只是想想。我不会为了失恋去杀人。

昨天下午,我在他的小镇上等车,我还有几块钱,可以坐到西昌。坐到西昌再说吧,我想。反正要远离他,哪怕在他的小镇多留一刻钟,我都会感到耻辱。

他追来小镇，可怜巴巴地交给我十块钱。那是他所有的家当了。他结婚后,他的财务不再由他保管。那个健壮如牛的女人,我担心干架的时候,这个混账男人是否是她的对手。

他穷,这个我是知道的。在这之前,我不怕他穷,我愿意和他一起受苦,以爱情的名义。爱情在我的心里是至高无上的。

现在,我穷得就像黑煤窑逃跑出来的苦工,身上只有可怜巴巴的十块钱。

十块钱不够坐到我居住的小镇,它只能勉强把我送到普格。普格离我家还有五块钱距离。

我本来可以不必回家,就在西昌找个工作,包吃包住,这样的话,这个难题就不存在了。但我实在疲惫。不知道为什么这样疲惫。

我想受一受苦是应该的,就坐到普格也无所谓。我可以用双脚走回我的小镇。失恋最好的修复就是自虐一阵子,越难受,越舒坦,这是一种变态的心理。

窗外终于起了一点风,远处的那些花树在晃动。我把目光递出去。这个时候,再想这些没什么意思。

“你喜欢语文吗？”安静一阵子之后,小伙子又说话了。

我这才注意到自己拿着一本小学六年级语文课本。辍学后我一直没舍得扔,并且背着它们出门打工。只有在一个人的时候,我才拿出课本看看。

我感到一丝尴尬,很快将课本收进袋子里。

“我也很喜欢语文,上学的时候。可惜我没有保存我的语文课本。我汉名叫红斌。红色的红,斌嘛,一个文,一个武。”

我忍不住笑了一下。我当然认得这个“斌”。初一时,运动会上我做主持人,一个小记者叫李斌,结果那个斌字写得很开,我念的就是“李文武”。当着全校以及更多的家长,我大声对着话筒点名:“李——文——武。”

“你要是喜欢,我可以把课本送给你。”我说。

他惊喜地一笑:“那多不好意思呀,我不能要。”

“你要真是喜欢,送给你也无所谓的。”

我把书递过去。

他收下了。

车子快要到西昌了。我突然感到不安。我不想走路回去。那么远的路,虽说只有五块钱车距。但是到了镇上,我还得爬四五个小时的山。这样加起来,我岂不要走死?

“你可以给我留个地址吗?等我回到家,我给你写信。”他说。

给你地址也行,你能借我五块钱最好。我不由自主地冒出这个念头。

这么想就这么说了,一点弯也不拐。我说:“我现在差五块钱才能回到我住的镇上。你可以借我五块钱吗?”

他以为我开玩笑。

“我不是跟你开玩笑。我说真的。我去亲戚家,路费用完了。”

这样说的时候,深感憋屈。把那个混蛋也扯成亲戚了。

红斌往左边的口袋掏了一掏,又往右边的口袋掏,终于站起来往裤子的后袋里摸出一把散钱,全是一块的,五毛的,一毛的。大概十几块钱。

“给你。”他递过来五张一元面值的票子。

我怔了一怔。没有想到一脸憨实的人欺骗了我,而嬉皮模样的陌生人却在这个时候给我帮助。

“够吗?”他一边收着那些散钱,一边问。

“够了。谢谢。我会还你的。”我说。心里卑微极了。有眼泪想落出来。

“不用你还啦。你忘了,你也送给我东西了呀。”他指一指那本语文课本。

我拿过那本书,在上面留下我的地址。

车子到了西昌站,红斌下车走了,在站台前向我挥一挥手,他说:“我来西昌走亲戚。过几天回普雄给你写信。”

他家是普雄的。

我匆匆去了长途客车站转车。

“没有那个地方的车了,只有到普格的。要买吗?十块钱。”卖票的女人说。

“为什么没有?前天我刚从那边过来。”

“路断了。去不到你要去的镇子。实在要去,只有到普格再转三轮车。三轮车可以过去,班车去不了。”

“三轮车?那不是要一百块!”

“大概是。”她爱莫能助的样子。

路断了。老天爷又一次跟我开玩笑。但是玩笑开得多了,我也就麻木了。

我买了到普格的车票。

车座在前排过道,我旁边坐着一个中年男子。我晕车,请他和我换了座位。他的位子靠窗。

因为换座,因此欠下他的人情。他一路上跟我不停不停地说话,我一一都要回答他。

“你家在哪里?”

“山上。”

“哈哈,不会是住在山洞里吧?”他大笑着。

我总算看清他的长相,脸黑黄,下巴有些尖,长着稀少浅短的胡子。单眼皮,眼角躺着两颗眼屎。耳朵薄,被一束阳光照得透红。现在是黄昏,阳光本身也是红色。

我猜想他不是个好人。

“你去普格做什么?”他收起笑,一本正经地问。

“我要回家,我家不在普格。路断了。车只到普格,我只好坐到普格。”

“是吗?我也不住在普格。我要去葫芦口。还得在普格包车过去。”他嘿嘿一笑,手朝着后面指一指,说:“看到了吗?那是我的情人。比我老婆漂亮。”

他说得那样自然,丝毫不掩饰他的婚外恋。我朝后座看一看,确实,很像个情人。

“你不如就搭我的车子,免费送你,不要钱。”

不要钱?我简直太激动。这不是想睡觉遇着一个枕头吗。

我回头看一看他的情人,想着还有她在,也就不怕什么。我豪爽地说:“好。那再好不过。”

到了普格,我上了那个无名男人的三轮车。他租三轮到我住的镇上,然后在那里转班车去葫芦口。他的情人也上车了。我们三个人面对面坐着,他和他的情人坐在一边,我自己坐在一边。

起初他们聊他们的。当然不是什么好听的话。情人之间要聊的话,都在我面前聊开了。他们一点也不避讳。好像是故意的。那个女人甚至露出得意之色。

女人好像被什么人撒了一把瞌睡虫,坐到一半,打瞌睡了。梦里口水流了出来,长溜溜地挂在嘴边。

天下没有不要钱的午餐,更不会有免费的车子。他请我坐车,肯定有他的目的。果然,他的手伸过来了,搭在我的肩膀上,接着,从我的肩膀上滑下来,直接抓住我的手,好像抓住他的情人的手一样暧昧。再后来,他的手突然凑到我的脸上,把我的左脸捏了一下。他说:“小妹妹, 今晚不回去了吧, 就在镇上住一晚, 我请你吃烧烤。”

“请你妈个头!”我想骂他。但是没有。我拍开他的手。一句话也不和他说。

只要再忍过半小时路程,我就可以让司机停车,下车走到镇上也要不了多久时间。我在心里盘算着。

终于他的情人打够了瞌睡。他也不敢动手动脚。脸色当然不好看了,恨不得将我踢下去。

我也继续赖在车上。反正是你叫我上车的。请神容易,送神难。

“我在想,你是不是应该出点车费?”他黑着脸说。他的情人不解地望着他问:“你不是说她是你表妹吗?在这里坐车遇到的。你这人真小气,咋能问自己的表妹要车费?你好歹是个小包工头。你少那几个钱吗?”

“是呀,老表,你少那几个钱吗?”我也学着女人的口气问他。我什么时候成了他的表妹,我一点也不清楚。

我本来可以把唯一的五块钱给他,但我突然一分钱也不想给。

男人尴尬得要死。

“哎呀,表妹,你到家啦!”过了十分钟左右,还不到我住的镇上,离镇上还有一里多路,他叫司机停车,然后把我请下车来。他指着路边的某座房子:“看,差点坐过了。”

他的情人什么也不知,还挥手跟我再见。

我站在原地,等车子开出十几步远,我朝地上吐口水,像个老年的粗俗泼妇一般咒骂:你奶奶的!孙子!

但是很快我就想通了,毕竟他是帮了我的忙。虽然他的目的是想揩油。

等我走到镇上,天已经黑了。

开面馆的徐老太婆站在铺子门口收拾碗筷。我知道她的面条最难吃,但是最便宜。

我抬头望一望家的方向，它处在山的另一边。此时天黑，模模糊糊的树影和零星的村落隐藏在暮色里。此时回家，可能会在山路上遇见鬼。虽然一直没有遇见过，但万一遇见了呢？

我不敢走夜路回去。

徐老太婆看见我了。“吔，这不是阿微姑娘吗？这么晚在这里，从外面回来的吧？来屋里坐。来呀。”她朝我招手。

来就来，我朝她走过去了。我知道她是开旅馆的。整个小镇上，只有她的旅馆最便宜，也最脏。

“吃点什么吗？”她笑得很有爱心的样子。

我不好意思说没钱。我说：“吃过了。”

没有比这个更好的借口。

徐老太婆一边洗碗，一边问我的妈妈身体好不好。她和我妈很熟悉。上街时，她忽悠我妈吃她的面条，还要她帮她介绍食客。我妈是个节省的人，又是个憨实的家伙，她不仅天天给她介绍食客，自己每次上街，也从不去别家馆子吃面。她舍不得吃太贵的东西。

只有我知道，她是皮条客。那时我在镇上的一家理发店，来店里做头发的小姐说起她的故事。那些小姐喊她徐妈妈。后来小姐们好像失踪了，徐妈妈又被大众化地喊成徐老太婆。

徐老太婆洗完了碗，她坐在条凳上，喝一口苦丁茶，说：“要不要住店？这样的天色了，怕是回不去了的。”

“住。多少钱？”

“有五块的，有十块的，还有……”

“要五块的。”不等她介绍完，我要了五块的。我想五块和十块的应该没什么区别。再说也只有五块钱。

徐老太婆的客房设在二楼，底楼的前门是铺面，后面长排的一间是厨房，再往后拐个楼角，就是两边并排的底楼房子，统共十几间。底楼后面的这些房子一间也不给人住，她用来养猪。我上楼时，还听见猪叫。

徐老太婆真会做生意，卖米线面条，卖包子馒头，还卖炒菜和生猪肉。她在门口设一个摊子，白日里把天亮前杀好的两扇新鲜猪肉摆在上面。她雇了两个人帮忙。

听说她还卖老母猪肉。有些妇女吃不得这种肉，吃了会害老毛病。她们不止一次警告过徐老太婆了。但是徐老太婆不承认。她说她的猪肉是公猪肉，绝对的公猪。她分得清公母。

五块钱的房间设在杂物房的旁边，门口还堆着一些木柴。房间里有五张床，很旧的铺盖和床单，以及花色已经模糊的枕头。

“这里就是了。今晚没有别的客人来。这算是一个大的单间。”她说。

付给她五块钱，我送她到门口。她摇闪着下楼去了。回到房间，我赶紧把门反锁，加了闩。

这个时候，失恋的痛苦半点也没有了。就剩下饿、疲惫，还有一点焦躁。

我用手拍一拍被子，灰尘腾地飘了起来。为了不使整个房间充满灰尘，我把自己轻轻放在床上。

外面人们说话的声音小下去了;车子的声音也小下去了;旁边那条三岔河的水声,也小了下去。我快要睡着。

"阿微姑娘,你睡着了吗?"徐老太婆幽灵一样地站在门外使劲敲门。

"不在。"我说。突然感觉说错话了。我应该什么也不说,装睡。

想一想,还是把门打开,让她进来。

"你妈还好吧?"又问了。

她好像找不着别的话说,只会你妈还好吧,你爸还好吧,你吃过饭了吧。

"你还好吧?"还没把这句话说完,我已经自己笑了起来。

我应该按照妈妈的意思称呼她徐阿姨,实在不愿意喊阿姨,可以喊徐婆婆。但是我喊她徐老板。像那些山上下来的彝族妇女一样,规规矩矩却冷冷淡淡地喊她徐老板。

徐老板尴尬了一下。终于换了话题。

"那楼下,那个姓张的,他是个老板,"她看我一看,又说,"就是刚才你上楼的时候,他在我铺子里喝酒,他看见你了。他让我来问问你的意思。"

"什么意思?"我感到一阵恶心。

"就是说,"她笑笑的拍我的肩膀,晃我一晃,"就是说,哎呀,就是说你喜欢不喜欢嘛。"

只要我一转身,拍掉她的爪子,然后双手拢上她的脖子,我就可以掐死她。

"我喜欢你,你喜欢我吗?"我想气死她。

"小短命姑娘,你咋跟我开起玩笑来啦。说嘛,他等我回话。"

"徐老板,你跟我妈妈称姐道妹,你这样做对不起她吧?"我很严肃地看着她,看她低下头去,我又加一句,"我不是那种人。"

"阿微姑娘,我也知道,我都跟他说了,他偏要我来问问。我只好来问。我是生意人,我有难处。"

我把徐老太婆撵出去了。这是我花五块钱租来的房间,现在这个房间的主人是我。虽然她是那样的老了,下楼梯的时候要慢腾腾摸着栏杆一步一步往下走。但她是个老可恶。看她在楼梯口差点绊一跟头,我心里好高兴。

过了大概一个小时,我又听见敲门的声音。接着那个敲门的人站在窗子处,暗淡的月光把她的影子贴在窗纸上。像鬼。

我装睡。

等那个影子消失后,我把一张放拖鞋的破柜子搬去抵住门。

次日是个晴天,我早早下楼来。徐老板满脸堆笑,硬是塞给我两个馒头。

"回去代我问你妈妈好,她好久没来赶场了。"她送我到门口。

我转身问她要了一杯糖水。她开心地倒给我了。有馒头没水,会噎死。

我走出了这家黑店。也许我比黑店还黑。我让黑店赔了馒头又赔了糖水,还给我住了一间五块钱的大单间。

春天来了。我坐在门口的小凳上看信。信上记着这样一段：

去年的冬天想来看你，可惜我太忙了。

钱的事情真的不用还。你送的语文课本我一直放在枕头下，一页也没有弄坏。

去年秋后，我去河边游泳，那里的阳光好得很。你那里呢？

既然你不喜欢我，也没有关系。我们还是可以做普通朋友。

过了十几天，又收到红斌的信：

阿微，我要结婚了。你不信吧？是真的。

我想过了，早点结婚也好。我们定的娃娃亲。

阿微，祝你幸福。以后不能再给你写信了。我喜欢语文，我上学时语文最好。

…………

我相信他上学时语文最好。他的情书全靠他的语文好。

我和他也算有缘分，因为他的五块钱，使我渡过那个难关。但是我没有喜欢他。这个没有什么好抱歉。

我给他去了一封信，感谢他的善良，感谢他的爱情。虽然我不能接受他的爱情。在那个秋天，他是我最要感谢的人。

之后，他的信一封也没再收到。他大概真是结婚了，过着幸福充实的日子。

那一天，趴在门边，我和妈妈说："我也许可以去别的地方打工，西昌我待够了，成都也是，攀枝花也是，我去过的城市我都不想再去。"

妈妈在绣鞋垫。绣的八瓣花。八瓣花是什么树上的花，我从来就不知道，也不问。那些花漂亮地开在一块圈好边子的布里，好似掉进一个漂亮的圈套。

鞋垫是垫在脚下的东西，做这样漂亮的花给谁看呢？也许给自己的心看吧。我这样想着，也这样胡乱回答自己。

"想去就去嘛，不用问我。"她忙着绣鞋垫。

她的眼角有些皱纹，还不算老的她，开始眯着眼睛看东西。

我站到门口的铁丝前，铁丝空空地横在那里，长长的，像一条细小而辽远的路。

夜行者

夜色降到峡谷之前，空中总会飞来一群鸟雀，它们从山背面的什么地方飞来，没有人叫得出它们的名字，也没有人知道它们为什么每到一个季节就会往返于此。它们会停在峡谷河边的黑石头上，喝几口水，然后隐到林子里去。小孩们常常站在村子跟前伸着脑袋大吼，他们也说不清为什么看见鸟雀飞来会这么激动。也许这儿太寂寞了。这儿所有能发声的东西只会加深寂寞。小孩们有时候比大人更加敏感。他们太需要一些声音来消除苦闷。这声音最好是他们母亲的声音。可是母亲并不知道他们有什么苦闷。鸟雀的声音虽然会加深山中的孤寂，但也可以让这孤寂产生浩大的鲜活感，它们在某种时刻甚至可以代替母亲的呵护，让孩子们得到欢乐。

女人们常常是夜行者。她们太忙了。每年都有忙不完的事情，不是这样的事情就是那样的事情，很少有清闲的时刻。她们的孩子总是在不知不觉中成长起来，但是她们毫无察觉，繁重的体力活一年一年消减着她们的敏锐，她们与泥土石头和庄稼走得越近，脾性就越来越像这些东西。最后她们的眼睛里好像都长着一株荞麦，目光完全被占据了。她们无法抽出足够的时间来陪伴孩子的童年。孩子像南瓜苗一样吊在那里，一天天长得比院墙高，最后他们翻墙而去，他们在等待母亲的呵护中长大了。

但有时候孩子们也会感到快乐。比如像某一年的初春，冬天刚刚过去，山中突然要种果树，这果树是集体分享，当然也就要集体劳动，需要每一户人家献出大量的农家肥，并且将肥料背到果园去。那儿有专门看管肥料的人拿着一个小本子做记录。男人们在果园里负责挖坑，栽苗，上肥料，然后喝酒，然后打架。这些是技术活，女人干不来，他们说。背肥料的事情全都落在女人身上。背肥料不需要什么技术。她们白天要忙着自家的农活，晚上才有时间。因此，从决定栽果树那天开始，她们就要做好夜间背粪的准备。这意味着很长一段时间她们不能享有睡眠。

小孩们也出动了。没有办法。女人们害怕将孩子一个人放在家里会有危险。村子里有时候会潜进几个蟊贼，他们像黄鼠狼那样可恨，有人曾经被打伤。在这样的情况下，她们必须带着孩子上路。

孩子们没有睡眠。在她们母亲背粪的那段时期，他们不但没有睡眠，而且心情特别好。那段时期他们甚至忘了村子上空有没有鸟雀来过。

孩子们努力做着帮手。有时给母亲背一葫芦水，腰带长长勒在肩膀上，像个卖葫芦的娃娃。有时给母亲和自己装一袋干粮，并且随手拿着一条汗巾子。当他们看到母亲脸上淌满汗水，就会像跳蚤那样蹦起来,将毛巾递上去。

女人们很少说话。虽然她们在路上三五成群,她们的孩子也三五成群,是一支不小的队伍,但是没有人说话。

“明年果子就可以吃了吧?”孩子们企图打破沉默。他们实在不能忍受这闷燥的旅途。背粪的活儿总是来来回回,总是在这条路上,总是走不到另一条路上去。晚间吹在脸上的风也感觉是同一种味道。起先他们对夜色的好奇和新鲜感在这反复行走的沉闷中开始厌倦了。这样下去他们会感到没有长大就已经衰老。必须找点什么事情做,哪怕说说话也行。

“我可以摘最大的那个果子吗?”他们想继续打破沉默。在问这话之前他们还进行过一番想象。想象那些果树在经过母亲们背去的农家肥的滋养下很快长大,很快结果。因为他们是参与了付出的人,所以应该可以第一时间享受甘甜的果汁吧。

“快走你的路。你就要变成粪堆那样讨嫌了。”女人们说。她们无法告诉这些孩子,那些果树虽然属于他们,但也不完全属于。它是任何人都可以得到的,但又任何人不可以随便摘取。刚刚有人说,啊,集体的东西,应该集体来分享。接下来又会有人说,集体的东西,你怎么可以一个人独享。像这样的时候,这些孩子谁也别想摘到最大的果子。但是她们心里想来是简单的:这果子终归是可以吃到的吧,几头猪啃一个南瓜会滚,但是南瓜总是在那儿的吧,总有个时候可以啃着。这样一想,她们就获得了心甘情愿背粪的力量。她们都希望自己的孩子可以享受那个最大的果实。虽然她们看起来一点也不关注自己的孩子，但其实她们心里无时无刻不在为孩子们盘算。谁见过院墙里的南瓜苗是枯死的呢？她们也会在墙角下施肥，锄草。只不过这一切都过于细微，无人放在心上罢了。

“粪堆！”孩子们听到母亲的责骂突然哈哈大笑。以为这是母亲讲过的最好的笑话了。不管怎么说，他们很得意自己想要说话的目的达到。

但是后半夜，临近天亮那会儿，睡意完全击垮了她们之中的一些人。在夜色中谁也看不清谁的脸，不知道对方是不是一边睡觉一边走路，或者自己根本就在做梦，实际上谁也没有背粪，这一切只是梦里正在发生的事情。只有孩子们可以让她们清楚这不是梦。他们整夜像小马那样乖巧而精力充沛的样子。这个时候他们一点也不像孩子，他们像是在这路上突然长大的成年人，永远像一支亮着但看不见光芒的火把，这种景象突然让她们眼睛发热。

河水的声音总是从远处传来，就像原本她们的耳朵里就有一条河，那声音一直就在回响。一旦到了后半夜，河水那边吹着的风也好像跑到路上来了。她们想到河边去生一堆火取暖，顺便喝一点水，因为这时候她们孩子身上背着的水已经在上半夜喝光了。她们感到非常渴，因此联想到那群山巅飞来的鸟雀，好像突然明白了它们为何总是在河边停留一会子，大概也在什么地方背粪，累了到这儿找点水喝。

她们有点羡慕那群鸟雀了。那些长了翅膀的东西，想去哪里就去哪里。可是她们没有鸟的翅膀。谁也不可能一下子飞到河边去。

这里夜间偶尔会遇见几个外地人，他们可能在很高的山上刚刚看完了壮美的风景，连夜赶路走到这里与她们相遇了。他们在争论一种树的名字。外乡人手里端着盒子。她们称之为“盒子”，不知道那是相机。也可能她们知道，街上有人正是用这种盒子对着她们照相，只不过夜里光线不明，通过那小小的电筒光也不能让她们一下子分辨那盒子是什么东西。

同样是夜行者，但她们身上背着粪，头发上还沾着几颗粪粒，她们故意低着头不与外乡人交谈。虽然那些人非常热情，要为她们拍一张照片。这照片如果她们想要，可以写下地址，等到照片冲洗完成，她们会收到从远方某个地方寄来的自己的照片。女人们感到新鲜，因为自己可能这辈子永远走不出山外，到不了别的地方，但是她们的照片却可以随着外乡人出一趟远门，然后又荣归故里。她们相信一定是荣归故里，外乡人一定会把自己拍得很漂亮，可能比她们的结婚照片还漂亮。但是她们又很担心，因为外乡人有时候并没有获取她们同意就开始抢拍。这种时刻会让她们感到窘迫，会第一时间发出这样的请求：“可以将我身上的粪除掉吗？我还没有准备好呢。我的头发还沾着粪。不要将它们与我放在一起。”

她们不想连拍照片都背着一筐粪，但是外乡人说，这样的照片最有生活的味道，是艺术美。

她们当然会感到委屈和茫然。一切来得猝不及防。这生活的味道并不在外乡人身上，艺术美她们也不懂。她们事后才能模糊地明白一点什么，隐约感到自己上了当：那些人只不过刚刚看完了山顶的风景,遇到这儿有背篓的人又想获得一张充满生活味道的照片。

让她们最苦恼的是,以后自己那副背篓的可怜样子再也不敢荣归故里了,并且庆幸自己没有写下地址。谁也不能接受那样一个在照片里落魄的样子。只不过她们很快又会认命。她们总是很快认命。认为这世上的人分两种,一种人专门负责被同情,一种人专门负责同情别人。

孩子们有时也会被外乡人拍到照片里。他们还没有母亲们那样的顾虑,他们只感到高兴,却无法将心里的高兴完全展现给拍照的人。也就是说,他们的高兴只停留在脖子以下,是藏在胸腔里的叮叮咚咚的泉水。如果有人像他们那样走几回夜路,大概也会自然而然形成这样一种内敛的无法表示的热情吧。

孩子们的面部表情总是那么紧张羞涩,视线放得很低,小心翼翼地望着那只会闪光的盒子。其实他们也希望在哪儿洗把脸,除去脸上的污垢和汗水,但是这儿离河水有点远。而且他们不能肯定,把脸洗干净回来外乡人是否还等在原处。还有,他们脸上布满污垢和汗水,说不定正好是一种艺术美,是一种生活的味道,是许多人喜欢的样子。虽然他们和母亲们一样,搞不懂什么是艺术美,甚至他们也不明白什么叫生活的味道。但是,有人愿意给他们拍照片总是值得高兴的事。在这样苦闷的旅途中,遇上愿意跟他们说话并且为他们拍照的人,这简直和过年一样值得庆贺。

可是,孩子们因为没有洗脸又显得过于胆怯,那照片中总是一副深厚沉默又胆小可怜的模样。当然他们无法知道照片中自己的样子。他们的母亲不会为一个小孩留下寄照片的地址。他们在照片中的样子是以后在别人眼中出现的——生活的味道,艺术的美。

外乡人离去了。他们总是像流星一样一闪即逝。谁都不可能陪着这些孩子在夜路上来来回回地走。孩子们回到之前沉默的气氛里。他们的背上还挂着一只空葫芦,里面没有水了,像一个圆形的干旱天空,这样的天空中当然不会有鸟雀飞来。好在这个时候他们也没有想到什么鸟雀。跟着母亲们走夜路的缘故,有些曾经喜欢的声音逐渐淡忘了。就像这个空葫芦,什么都没有了,没有水,没有鸟雀,没有声音。但是挂葫芦的带子像一根麻藤,裹着他,裹着他的整个童年。除了这些女人,没有人知道她们的孩子在经过一段看鸟雀的时光之后,逐渐适应了与她们一起走夜路,或者说,他们适应了山中的生活——背着空的或者沉重的葫芦。他们成了母亲的帮手,也习惯在这样的夜行中闭紧嘴巴,不再说话。说话总是要浪费精力,会喝掉葫芦里不少的水。

背粪的日子终于结束了。果树在那儿长着,有别的人在果园里看管。是谁在那儿代表集体呢?听说果子已经开始卖钱,听说将来她们都会分到一点辛苦费。一切都是听来的,像空穴来风。然而“将来”是一个遥远的日子,它没有确切的日期,“将来”的事情也并不值得现在关心。繁重的农活占据着她们的时间,没有心思再关注果园的事情了。至于背粪,大概人一辈子总要为什么事情走一场夜路。孩子们在河边玩水。他们也在等待果树长大的时间中忘记了那片果园。现在他们脸上也很干净,穿着短裤,踩在河水中摸鱼,山那边飞来的鸟雀正停在黑石头上，这样拍下来的照片一定比夜色中拍的照片更好看。

等到秋天收完粮食之后,女人们才有时间去河边洗衣服。她们想爬到树上去摘苦楝子，然后像以前一样用石头捣烂了挤它的泡沫洗衣服。多年来她们都是这样爬到树上，然后摘下一大串苦楝子。这活儿一点也不吃力,比背粪轻松多了。可是这次她们谁也没有爬上去,跌坐于树下双脚抖颤。远处跑来一群孩子。正当她们想说话的时候,那群孩子先说话了。

“我们来帮你摘苦楝子吧？”孩子们说。

她们张着嘴巴想说点什么但是没有说,目光茫然,有点像失忆的人才有的那种茫然。

足迹

谁都别想把她们从夏天的河边赶走，河水清凉，庄稼地里忙碌了一天的她们脱下外套挂在岸边水麻树的枝叶上，然后走近河水，将双脚浸在里面。这时候有人讲起荤笑话，再没有比这更舒坦的日子，可以让她们聚在一起闲谈。孩子们玩在远处，没有人搅扰她们。她们之中大多数人已经满脸皱纹，但其实岁数并不大。她们有点怀念什么了，心神不宁，望着河水的去向。大概是这河水像回忆一样哗哗地勾动她们的灵魂。你得相信，那一刻她们心中有说不出的感动，正是隐秘的灵魂在复苏：像春天抽芽的嫩草，就要占满她们的心。

我们在远处背书，在一棵树上，我们的眼睛注意着母亲的一举一动，但是嘴里大声念：海南岛上，鲜花已经盛开。

原来一切都在盛开，鲜花，心情，包括已经远去的美好青春，都曾经盛开过——她们一定听到“盛开”然后突然想到了这些。有人高声唱起山歌。在她们说不出什么的时候总会以山歌代替。像往常在庄稼地里干活一样，那歌声满是倔强、隐忍、无奈和苍茫。

有人会掉眼泪。她们都说自己的泪窝太浅，只要一阵小风吹过，或者一粒沙子掉进眼眶，就能将泪水引出。可是我们极少见到真正的泪水。她们总是背转身，擦去眼泪。好像什么都没有发生。日子继续这样过着。

她们到了河边，我们就难以认出谁才是我们的母亲。好像全都是，又全都不是。那背影有着相同的疲倦迹象，落日在头发上照着，闪着水色的光芒，然后到了腰间，那儿挂着的满是泥巴的竹兜还没有解下来。她们全都习惯在腰间挂一个竹兜，像包袱，像瘤子，像我们。兜子里装着地里随手摘到的菜叶，或者早熟的豆角。

而这里交叉的山脉将我们居住的地方挤落在深沟之中，抬头看到的天空永远只有巴掌大。我们在远处的树上往河边看，那儿坐着的母亲们小得像一群鸟，她们收拢翅膀，靠着岸边的黑石头——她们怕我们搅扰，把我们撵远了，这距离使我们更加确信自己看到的是一只只孤鸟。因为这山谷太深，她们停在河边，一时不知道往哪儿飞。哪儿都是这样的天。这样的距离让我们感到孤独也让她们感到孤独。但我们必须要被撵到别的树上去，鸟雀天生就要学会自己飞。也许不是她们在撵我们，是别的什么在撵。总之这距离一定是要拉开的。我们只能在远处的树林中观看母亲们在河边小歇。她们说了些什么，有没有掉眼泪，有没有诅咒骂人，天知道呢。我们和她们分开就各安天命，好像彼此生来就是陌生人。可能有一天当我们到了她们这样的年纪，也要到河边去，那儿是母亲们可以获得清静的乐园。她们清洗双脚，就像清洗她们走过的路，她们的眼睛都盯着脚板，看看有什么地方落了伤痕。她们撕掉结疤的死皮，让新的皮肉在脚底长出来。她们希望还可以有新的皮肉长出来。

但是这个夏天我们看见一个上了年岁的老妇解下了兜子。那兜子里除了一支烟杆反正也没什么东西。她将它随意丢在一旁。她的眼睛早就坏掉了，连太阳光也看不清。现在，人们也别想打听她生了几个儿女。她不记得。她混迹在比她年轻的母亲们中间，一言不发或者滔滔不绝。她有很多话要说也有很多话懒得说。她现在不看天空了。母亲们说，老妇人年轻时候在庄稼地里被庄稼包裹着，像蚕虫一样，在那儿抬头也看不清天空，所以她时常低着头，这使得她颈椎不好，背脊弯驼。现在即便可以抬头也看不清什么。泥土将她的视线染成了黑的。说到老妇人的现状，母亲们不由得摸一摸自己的脖子和背脊。她们根本没有发现，我们是什么时候来到河边，并且她们还跟我们自然而然说起了话。

母亲们在老妇人来了之后就走了。她们或许感到了某种压抑。很少有人在离开时顺口喊一声这位老妇。因为她听不见招呼，她的耳朵似乎只可以听见风声和水响。

她坐在河边跷起一只脚，搭在一块石板上，清水从她皱巴巴的脚皮上淌过去，就要将那脚皮磨平的样子。

"奶奶，你在干什么？"我们大声说。

"涮脚。"她可以很清楚地回答我们。她的耳朵变得非常灵敏。大概是因为我们的声音像河水一样清透，可以穿破那层"听不见"

的阻力。

之后她就不再理我们了。她从那只解下来的竹兜里抓起烟杆,装烟,然后点燃,放到她掉光了牙齿的扁嘴上。这时候谁也不要想打扰她的兴致。她看上去清闲自得,好像从来就是坐在这寂寞的清凉的河边,这儿只有风声和流水,她的脚放在水里感到非常舒服。然而我们知道,她从前和我们的母亲一样习惯在腰间挂一个兜子,往里边摘一些豆角和菜叶拿回家, 现在兜子里只放她喜欢的烟叶和火柴。她的儿女们早就像我们先前那样,像长了翅膀的鸟雀,被什么东西撵到别的树上去了。现在他们从树上下来,在他们母亲操持过的庄稼地里忙碌。他们又踩着母亲们的脚迹了。这没什么奇怪,我们之中大多数人都要踩着母亲们的脚迹。一旦她们到了河边洗脚,我们就要从树上下来,学她们一样收拢翅膀,去庄稼地干活。年轻人总要学会接班。刚才走开的母亲们,她们只是暂时到这儿来洗脚,她们现在耳清目明,还记得自己养育着儿女,这清凉的夏天的河水不能长时间享受。她们还没有像这位上了年纪的人一样,将一切都忘记。我们猜,老妇人甚至可能忘记自己是个人,她坐在这儿的样子看上去像一堆土。当风吹起她的头发,就好像吹起了一丛灰黄的草。

我们坐在老妇人身边再没什么意思了, 她大概说了些什么我们也听不懂。她的嘴唇颤颤的,像两扇年久失修的木门在风中吱吱扭扭,况味十足但不成字句。我们要回去了,我们的母亲虽然也满脸皱纹但比起这位老妇还算年轻, 她们肯定早已将兜子里的菜叶和豆角煮进锅里。

我们往回走的时候,夏天的阳光照在脑门上,滚烫但不至于让人晕倒。我们遇到那位老妇人的儿女从对面匆匆走来,他们问,看见我们的老母亲了吗?他们总是在母亲前面加一个“老”字,以证明那妇人确实太老了。

我们说没有看见。我们大概被太阳晒昏头了。正当我们想说“看见过”的时候,扭头却望不见他们的母亲。原先老妇人坐过的地方只有一片河沙和黑石头。

青云

那年夏天,我在桐乡一家彩盒厂工作。我在那里的标签是:熬夜,加班,挨骂,倒戈相向。我想说,那段时间我是一头非常勇敢的驴子。

我是怎样去了那个厂?很迷糊,至今不知道怎么就坐在了流水线上。还好坐在流水线上也没有使我多后悔,因为我的工友大多是云贵川三省的人,这让我感到亲切。

青云——这是一个只有十八岁女孩的名字。虽然只有十八岁,却生得一副好身材,高挑,胸大,面庞白,屁股翘,走起路来很有感觉。厂里的保安看见她也会递上一个眼神。

厂里的保安看见我可是很严肃的。

青云是拿她舅妈的身份证和体检报告进的厂(她舅妈二十三岁)。她还没有办身份证。

她是我在厂里认识的第一个人。

青云,我当时听到这个名字便联想到一家古朴的酒馆——卖酒的老板娘叫青云，有点儿风骚，说话醉醺醺的，她的酒铺门顶上躺着一面蓝布横幅，上面写着“青云酒馆”字样。

我每想到或喊到她的名字，就会把她与“青云酒馆”联系起来。

青云当然与我想象中的酒铺老板娘挨不着边。她是很时尚的现代女孩。说话也放得开，开到哪种程度全看当时的心情。可惜有个缺点，上班耍滑，或者杵在那里卖呆，属于进厂八十岁，出厂十八岁那一类。

青云的两只耳朵上的小孔加起来一共有八个，每个小孔里塞着米粒大小两块钱一颗的耳钉。耳钉的颜色各不一样。头发是后来染的，起先是一头黑亮的长发，后来剪短，染成酒红，理发师用吹风吹了吹，吹成梅超风练功时走火入魔的样子。

每条流水线大约二十个人，我和青云分在一组，并且是邻座。

我们下班一起回家，住在一个小区，可以互相蹭饭。

我们所住的小区是个贼窝子，虽说有个“花园”的名头。这个花园无非就是比别的小区多几架秋千和几棵梧桐树。也许还多几只鸟。

小区里住着的人，没有哪一家免遭贼手。但是每一家遭贼都只跑去阳台打开窗子乱骂一通，从来没有想着去报警。报警有什么用呢？奶奶的，多半的东西是找不回来了。比如牙膏牙刷、内衣内裤，大一点的无非是旧电视、旧鞋子、旧风扇、旧自行车。总之这里住着的大部分人都不爱买新的东西(新一点的衣服藏得小偷也找不着，或者天天挂在身上糟蹋成旧的)。没有新的，旧的也照偷。小偷可是管不了这么多。偷不着旧家具,旧的内衣内裤也要扯几条包走。反正空手进来,不能空手出去。

住在这个小区的都是外地人。房租便宜。便宜没好货,但也有它的好处。这里大多是乡下来的人租住,拖家带口,就像大袋鼠拖着小袋鼠,一袋一袋,浩浩荡荡。早晚都有鸡叫,孩子叫,女人尖声尖气骂架的喊叫。这个小区太热闹了,是一种乡下的充满俗气的热闹。喜欢住在这里的人可能正是因为它的热闹吧。

我和青云住在小区的中央,处于最热闹的中心。每天早晚,推开窗户就要准备两只耳朵,一只用来听小孩子的嬉闹,一只用来听某家阳台上女人对蟊贼的喊骂。骂贼这样的活动都是女人最热衷的。男人只负责抽闷烟或干笑。抽闷烟是因为偷了他上班的自行车,虽说那车子除了铃铛不响哪里都响,也是天天要用着的东西,偷了实在让他伤心。男人干笑的时候,丢的东西就不是他的了,是他女人的内衣裤,洗来晒在铁丝上被一把抽走了。

站在阳台骂贼的女人,她的骂和上一次,甚至上上一次某家女人的骂是差不多的。她们互相学着骂。因为骂架也会词穷,词穷了就互相剽窃。

有一次,听完了对面阳台上女人的骂,青云就很有感触地说了一句话:"那内衣裤她穿起来一定很性感。不然骂这么凶吗?"

忘了交代,我和青云都为了各自省钱,搬来住在一起了。AA制。

在小区住了大半年后,我和青云的耳朵像是有了开关。女人们骂贼的声音落不进耳朵来了，每天打开窗户看见某女站在阳台指手画脚，看来不过是一场无声电影，不很精彩，只恨耳朵避开的东西眼睛避不开，将就看看。

产生这种心境不能怪我和青云没有同情心，实在是那阳台上的女人们找不着骂词就会乱开黄腔。只要一家丢了东西，小区里住着的除了她家谁家都像贼。这好比乡下人丢了鸡，第二天就要堵在路口故意找自己的邻居说话，看对方眼色和脸色的变化，还不能放过闻对方呼出来的气是否有鸡肉的味道。

我和青云站在阳台，若对面阳台的女人正好丢了内衣裤也站在她的阳台，她就会斜眼望向我们这栋楼，她说：

“去他妈的先人板板，她妈生她下来就没有穿过内衣裤。连内衣裤也偷。旧的也偷！羞死她妈的先人……”

“随她的便，老子没做贼，心不虚。”青云听了那样的话会低声这样说，手却恨不得扯出自己的内衣裤亮出来证明清白。

夏天丢内衣裤最多。我想小偷也是结了婚的，并且还生了小孩。不然小区里小孩的衣服不会被连带着裹走。

“住在这里像个笑话。演喜剧吗？也不晓得哪个孙子干的。我们也丢了内衣裤，就没好意思骂过。”青云委屈的样子。

“这里的蠢贼是有演喜剧的天分。”我赞叹着表示。

青云天天念叨要搬家，但也只是念念。这里房租便宜。没有比这里更便宜的房租。我们来租这间房子的时候，女房东就说：“我这里是最便宜的啦，你们住住么好啦，再也不会有比这里更便宜的啦。”

我们贪图便宜住进了这个房子。厨房就是阳台，站在那里看风景的同时也要面对黑漆漆的锅瓢碗盏。两个人很少做饭，买来的米大部分养了耗子。偶然打开柜子，耗子屎骨碌碌地就掉出来了。

“真恐怖，这样的日子。”我说。

“我们这样的女人谁娶谁倒霉……”她说，忽然低下头去，“耗子可不晓得你在省粮食，它只以为你吃不完呢。明天开始少吃面，多煮米饭。”

紧衣缩食的日子过去了。买了十几条鱼腌来挂在阳台，贼取走一些，留了两条给我们。

彩盒厂的夏天是遭罪的季节。流水线上，我和青云始终做着贴红布的工序——纸盒子的前端要贴一张红布。夏天容易瞌睡，偏生厂里最忙的季节就是夏天，时不时晚上还要通宵加班。瞌睡来得受不住，许多红布都贴歪了，返工的盒子码在四块栈板上，看着就头疼。小组长瞪着眼睛走在流水线上监管。她的两条眉毛像张飞的，随时就要叫喳喳的样子。

“这样贴！这样贴！看，不是很简单吗？怎么会贴歪？这么笨呢！”小组长站在风扇底下，用一张红布在手里摆弄着示范。她望着栈板上的盒子，又愤恨地说了句“猪一样的”。

我看见青云红着脸，嘴唇咬得死紧。她现在偷不着懒了。这个工序只有我们两个做。

管流水线的老大是个年轻貌美的男人，因为年轻貌美所以一妻一妾。他的两个孩子一个会跑一个还装在肚子里。他对刚刚进厂的年轻漂亮的女孩是这样说话："对嘛，看，多简单的是不？一看你就是聪明的姑娘。热？——李助理，给这里加一把风扇，新的！"

他对少妇或者年纪稍大相貌一般的女性则是这样说："公司招你们是来做活的，不是来说笑卖呆的……这么简单的事情都做不好还能成什么大器？你们有没有想过，同样是人，为什么有的人和你们一样从流水线一步一步可以走到管理的位置，而你们却不能？公司花钱聘用了你们，你们就要好好干活。公司赚了钱你们才有钱，公司赚不了钱你们有什么？要学会换位思考。对工作不负责的人对什么都不会负责。我和你们一样，也是从流水线一步一步走到今天。你们比我厉害，敢和上司顶嘴(他从鼻子里吹出一声冷笑)。天气热怕什么！不是有风扇吗？旧风扇不是风扇吗？风小？这风还小吗？西北风不小，可惜这个时候没有！会晕倒？咋没见你们倒？这样一点热气就倒了，到非洲你还活不活？——新风扇暂时没有，继续干活。"

青云也有一把新风扇。她对老大的评价是：蛮谦和的一个人。

"谦和个锤子！"年老的女工对青云的评价表示愤慨。

一个下午，青云从流水线那头走来——她这个时候已经升级做了检验员，不再是我的搭档了。她神秘地拍了一下我的肩膀，悄声说："我要当小组长了。明天就上任。"

"你？"我有些惊讶。她这阵子节节上升，升得未免太快了。再往上升……

“咋,不像吗？虽然我小学都没毕业,但……”她四处望一望低头说,“我用的是我舅妈的身份证,她可是初中毕业了。我报名时说的也是初中毕业。当个小组长需要多高的文化吗！”

“不需要多高的文化。”我说。

“那就是了。”她摊开双手,很愉快的样子。

“祝贺你。”我没有看她。

“嗯。不耽误你忙。”她甩了甩手回到自己的座位去了。她的屁股好像比以前更翘,走起路来左右摇晃。

第二天一早，青云给自己画了一个淡妆，穿了一条白花的裙子。她在镜子前照了又照,头发扎好了又打散,反复三次最后还是觉得爆炸头比较有威力。“还是这样最好。”她说。

她走到门口才想起我和她是一个厂,带上的门又推开了,从门缝里伸进来一只蓬乱的脑袋,头发盖在脸上,眼睛在乱发里冲我眨了一眨,她说:“不好意西(思),我和你开玩笑呢。走啦,要迟到啰。”

“你变得太恶心了。”我冲口而出。

“什么？”她怔了一下。

“我说,你好像比以前胖了些。”我盯着她的身段。心里反感,却做不到撕破脸。

她笑了一下。

青云变得越来越陌生了。自从她当了小组长,我们很少有闲聊的时候。她的时间都用在和老大汇报工作去了。

“天天开会,烦死了。”她说。

“今天又开会。纸盒子算错一百个。”她说。

“昨天新进厂那个女的是谁？那骚样,什么玩意儿！”她说。

“老大今天居然为了那个女人批评我。他妈的！”她说。

——她和我的聊天不再是米柜里的耗子屎,小区里的蟊贼,她的舅妈时常冷眼对她,她的妈妈每个月问她要五百块钱,她出去溜冰的时候遇见一个男孩子偷亲她的脸,等等,像这样以往热衷的话题现在基本不提了。她只和我抱怨莫名其妙受来的闲气。

我发现她的组长当得越来越没有样子,老大说她这里没做对,那里没做好。她的新风扇被老大转给新来的女孩。老大对青云说:“你现在是组长,走来走去监管工人,这风扇站在这里不起作用。好啦,不要再说啦——什么偏心？我这是体谅下属。你也要学着体谅下属。”

青云工作的不顺使她情绪很不好。晚上她失眠,在床上翻看手机,翻到很晚也不能睡着。

她不愿意和我说心事。虽然我一度表现出很有爱心的样子。我劝导她,工作的不顺是暂时的,老大很快要升职了,以后的老大会对小组长好一些。

“去他妈的,老子不稀罕。”

青云又回到之前的样子了。晚上溜冰溜到很晚才回来,也是一身酒气。白天打瞌睡。时常请假。

她请假老大还是很爽快就批了。

但是有一天,老大很不高兴,他当着我们的面教训青云,说她瞌睡兮兮的样子根本不能当组长。

青云主动辞职了。她在辞职单的理由那一栏里填的是"回家结婚"。她用的是舅妈的身份证,二十三岁,没有人怀疑她的理由。她收到一大堆祝福。包括老大的祝福。

失业的青云在家里像耗子一样生活,白天睡觉,晚上溜冰。她在厂里辛苦挣来的钱一半寄回老家,一半留着零用。她的烟钱,那是必不可少的。

她的烟瘾越来越大。屋子里充斥着烟味,地板上,床下,门缝里,甚至鞋子里,处处都是烟屁股。我这个不吸烟的人也满身烟味了。我出去会朋友,穿着我黑色的烟气浓重的裙子,总有人主动给我发烟。

"你不上班了,可以打扫一下房间嘛。"生怕她不高兴,这样说的时候总是放低了声音。

她有时候回我,说"嗯"。有时不声不响继续抽烟。我就像她手中的烟雾一样,是可以不多理睬的。

青云在家闲了一个月。除了晚上出去溜冰,白天足不出户。她的钱都花在买烟和溜冰上,用得也差不多了,我猜。

"已经进入秋天啦,这时候上班不热。你可以找工作了嘛。"我又忍不住劝她找工作。

"你咋和我舅妈一样烦人?"她头也懒得抬一下。

我大概真和她舅妈一样烦人。一个月后,青云说要搬家。她说找到一份好工作,离住的地方太远不方便,要搬去那里住。

我同意了。心里感到一阵自责。她吃喝都用自己的钱,关我什么事呢?

"你搬去那里住,要是不好再回来。"我说。

"好。有事给我打电话,或者发信息。"

青云在一个雨后搬走了。她在桌子上留了一张字条,上面歪歪扭扭写着三个字:杨家门。

那是她要去的新地方。不知为什么没有给我楼牌号。杨家门说大不大,说小也不小。

青云走了以后,我用拖把稀里哗啦拖了一天地,把所有能嗅到烟味的东西也清洗一遍。屋子干干净净的了。这一切整理完之后,我站在阳台,突然觉得自己像个乡下驱鬼师,只等那魂魄一出门,我就在门后撒一把柴灰。想想实在无情。

秋天过去,冬天到来,我天天想着给青云打电话却没有打。楼前树叶落了一地,秋天没有落完的叶子这时全部落了下来,早晨有薄霜降在地面,太阳一出来,叶片上的水雾闪着亮光。我经常被这些场景感动,一转身冲口对着空空的屋子说:"青云你看……"

小区里卖炸薯条的老妇人冻得受不住了,她在门口扯了一张厚胶纸挡风,她的黑漆漆的煤炉蹲在门口,在胶纸底下,从煤炉子的鼻孔里冒出惨淡的烟雾。她的生意冷清透了。她的铺子在我楼前靠左的位置,我只要一歪脑袋便可看见。青云最爱在晚上去她的铺子买一份炸薯条。

“冬天生意不太好,对吧?”这一天厂里也放假,我实在无聊便去了老妇人的薯条铺子。

“不好。”她削着土豆皮,慢慢地说。

妇人将土豆一个一个削好放在瓷盆后,才慢腾腾起身为我炸薯条。冬天的寒气使她的动作不能麻利,切土豆条的时候手还在发抖。

她的铺子小到只装得下一张桌子和四条板凳。铺子的最里边,靠墙的位置紧巴巴站着一台很高的木柜,柜子里凌乱地摆着拌薯条所用的全部佐料。那些瓶子和盐巴袋子都是锅灰的颜色,就连四面墙壁也被烟雾熏黑了。妇人自己穿着一身黑衣裤,系着黑围腰,头发是黑的,皮肤也是黑的,她整个人就是一只黑色的土豆。

“炸黄一点呢?还是熟了就可以?”妇人铲着薯条问我。冷风吹红了她的鼻子和脸颊。她的眼泪也出来了。她伸出一只衣袖揩干眼角,低声骂一句“该死的风泪眼”。

我每天都去老妇人的铺子买一份炸薯条回来。即使有人告诉我,那妇人不讲卫生,土豆根本没洗净,直接就扔锅里了。可惜她们的话对我来说只是耳边风。

雪在一夜之间堆满了楼前的巷道,雪花的气味从阳台飘进来,这是我喜欢的味道。薯条铺子这时候根本开不了门,那块避风的胶纸也取掉了。老妇人门前的雪地上只有几串脚印,很快脚印也没有了,雪将它们完全覆盖。雪好像要把世界上的每个人都孤立起来,连脚印也不留给他们。

老妇人穿了一件厚衣服迟疑地站在门口，不知道要去哪里的样子。后来,她把系在头上的黑围巾紧了紧,走到街上去了。

杨家门,我又想起杨家门了。离我并不远的地方。可是,青云住几号楼呢?

雪停了我就去看看她。我在心里计划了一下。

可是雪没有停。断断续续下了五天。路上已经堵得车子也过不去了，铲雪的人把几条主路清理出来，好让上街的人可以勉强通行。雪一直不停的样子,更多的人加入了铲雪的队伍,整个街上都是铲子嚓嚓的响声了。

老妇人不知什么时候回了铺子,她把卷帘门放得很低,炉子已经搬去放在铺子里,她白天挨着炉子烤火,打瞌睡。晚上早早就关了门。偶尔有人去买炸薯条,她都挥一挥手说,走开,走开。

她也是这样跟我说,走开,走开。她手上戴着一个黄澄澄的戒指,我认为是铜的。

“没见过这么古怪的人,有生意不做,冬眠。”有人抱怨。

我去杨家门看青云了。雪依然没有停。我撑着一把天堂伞,伞身很快变得臃肿和沉重。

杨家门也是一片白茫茫了。因为雪天的缘故,我更是分不清方向。立在杨家门的路口不知道往哪边走。好在它的主路只有一条,我进了门,看见一个菜市场,还有几家旅馆。旅馆隐在梧桐树背后,一块牌子若隐若现地挂在梧桐树边上的墙檐下,有的写着“住店”,

有的写着旅馆的名字。

杨家门的理发店很多,可是只有几家店里有人在理发,其他店里没有客人。那没有客人的店里连理发工具都少见,单是一面大镜子夸张地贴在墙壁上。这样冷的天气居然还有穿着性感的黑色丝袜的女店员柱子一样靠在门前拉生意。我都不知道理发店还需要在门口喊生意的。她们的妆化得真浓。

我从她们身前走过去,心里暗想,要是她们喊我理发怎么办呢?我就说,头发还短,剪不得。

根本没有人喊我。人家仿佛都没有看见我一般,眼皮一闪就到别处去了。

我沿着巷子一直走,左看右看,像游客也像踩点的贼。杨家门有好几家歌舞厅,也是隐在梧桐树的背后,有的在宽巷子,有的在窄巷子,要拐好几个弯才能看见。女人和男人们出出进进,巷子的每一处都停着车子。

青云在哪里呢?我不知道。差点没在街上喊她。

我在杨家门的旅馆租了一间房,打算在这里住一夜,既然来了就不能不见。我对这条巷子虽不熟悉,但我堵在必经的主路上,肯定能遇见她。

"你认识我的朋友青云吗?她说在这附近上班。"我傻乎乎问旅店的老板娘。

"你的朋友,青云?"旅店老板娘摇一摇头说,"不知道。"

晚上,杨家门的路灯亮起来了。理发店里挂着彩灯,歌舞厅门前也是彩灯,就连我住的这家旅店的门前也是彩灯。所有的彩灯都是暗淡的颜色,照在地面朦朦胧胧,一个人慢走在巷道里,感觉处于彩色的迷雾中。

歌舞厅里放着舞曲,理发店多出好些个女子,白天不过一两个女人立在门前招呼生意,到了晚上,店里坐着五六个女人,隔层房和楼梯口还晃着一些影子。几个男客人不知什么时候也出现在理发店里。

青云始终没有出现在主路口。立在雪地上的我像只孤独的夜鸟。

"小妹,××××吗?"一个胖乎乎的五十多岁的男人摇着海豚一样的腰身扭到我面前说。他的老花镜滑到鼻子下端,双眼从镜架上端望着我。

我瞪着他不说话。他也瞪了我一眼,扭身向别处走去时,嘟囔道:"到杨家门来还挑食吗?妈的!呸!"

"杨家门是狗肉铺子吗?"我也低声呸他。在别人的地盘上,骂人要小声再小声。

突然我看见薯条铺子的老妇人,穿着崭新的紫色上衣,下身居然还穿了一条冬天的浅色裙子。这一点也不像卖薯条的。但我确信没有认错人,吃了她的薯条那么久,见到她就跟见到薯条一样熟悉。她在一棵梧桐树下站着,左看右看了一下,转个弯进了一条小巷子。

"她怎么在这里?"我一边想,一边追她进了巷子。

“阿姨——”我喊她。

女人走在我前面一百米的地方，她没有回头。她又不叫“阿姨”。

“卖薯条的——”我又补一句。

这回她站住了。“是你？”她有些意外的样子。立刻又笑道：“你也是来看青云的吗？我也是。”

原来她知道青云住在哪里，也知道我和青云是朋友。

青云住在一栋漂亮的洋楼里。老妇人熟门熟路领我上了四楼。敲开门，青云浓妆艳抹，惊讶地望着我，又看了看卖薯条的妇人。那妇人说：“你的朋友，在楼下遇见的。”

“大微，我想死你啦！”青云请我进门，拉我一起坐在沙发上，她夸张地流出眼泪。

“你租的房子真漂亮。”我由衷地赞叹。

那一晚，我住在青云的房子里。老妇人叽叽咕咕和青云在阳台说了一些话后离去。

青云一个人住两室一厅的套房，很长很宽的阳台站了许多花盆。花盆里坐着一些叶子很绿的草，没有开花，单是草的香气浓烈地飘进房间。

“居然还有秋千？”我指着阳台边的铁秋千说。秋千的铁绳子上缠着假树叶和假花，虽是假的，在晚上看来倒也有几分真。

“嗯。”青云递给我一杯热茶。

“你像发了洋财一样。”我接过茶杯。

她没说话。

晚上,我问了青云许多问题,比如卖薯条的老女人为什么会在这里,还有这间房子的价格等等。青云没有回答我。她只开了一瓶红酒斜躺在床头喝。

“美容的。喝吗?”她岔开我的话题。

“青云,卖薯条的女人……”

“……卖薯条的女人是拉皮条的,这样回答你满意吗?”青云抢了我的话,脸上飘着我无法形容的笑。

“你在厂里多少钱一个月了?做了这么久,工资涨了多少?”她又岔开话题,但这次说话的神色却是骄傲的。她往嘴里咕嘟灌下一口红酒,空杯子在手中旋转两下。

“青云,你……”

“你想说什么?还是我来说吧。我说完,你的那些问题就不用再问了。我不喜欢过从前那种日子了。这个你不用晓得。我觉得现在这种日子很适合我,自由自在,想去哪里就去哪里,是我喜欢的。你看,这么大的房间,再也不是从前那个满柜子耗子屎的房间,再也不用去厂里上班看那个人渣老大的嘴脸。我这样很好很好(她一脸确定的笑)。以前我妈要我给她寄五百块钱,现在我可以寄给她一千两千,只要我愿意,我可以再多寄一些。但是我不能寄太多。多了会让她怀疑。除开寄回去的钱我还可以买红酒,买烟,买新手机,买电脑,买新衣服。貂皮大衣,看到了吗?棕色的,这个时候穿出去简直像个贵妇。”青云把高跟鞋勾在脚尖,再用力将它甩到墙角。

“你也可以这样过。你明白我说的是什么吗？”青云转身拍了一下我的肩膀。

“我不明白。”我简直不知道说什么好。

“老女人以前给我介绍客人。我来这里也是她介绍的。你大概还不知道杨家门干这行的多。哈，你来，”她拉我到阳台，指着楼下走来走去无所事事的女人说，“看见了吗？都是做生意的。她们走路的样子，她们的背影，内行人一眼就看穿了。我当初可不好意思去站，后来也去站了。怕什么呢！老女人以前也站，她还存了不少的钱，可惜她那时候突然喜欢一个男的，想和那个男的结婚。结什么婚呢？头昏！钱被骗光了，现在只好卖炸薯条。你不晓得，老女人最讨厌男人。我以前天天去吃炸薯条，她天天跟我讲她的故事，也讲以前怎么好挣钱。你不要误会，她没有逼我来干这行。我只是觉得做这行没啥不好。我们是合伙。”

“合伙？”

“是。”青云放下手中的杯子，又说，“以前我在夜总会，那里不怎么好。不安全。我出来单干了。你看，这房子我不用出一分租金。有个客人要我陪他三年。”

“三年？”

“是。三年嘛。三年后我也不过二十一二岁。我还可以再消耗几年。等我挣够了钱就回老家，找个本分老实的男人嫁掉。只要我不说，哪个晓得我在外面做什么？要是没人要我也无所谓。有钱就好。有钱还怕嫁不掉吗？有钱还怕活不下去吗？你想想，有钱的人拿钱贱别个,无钱的人别个拿钱贱他。你愿意做哪个?”她说得很老到,很无所谓。

“你都修成一只老妖精了。”我回答不了她的问题,胡乱说了一句。

青云不理我的话,转身回到房间继续喝她的红酒。

她一点也不像我最初认识的青云了。短短几个月,言行举止都是另一种味道。

“你来吗?老女人有很多客源。她自己是不行啦。只能装模作样卖炸薯条。你看她卖炸薯条那个样子可怜不可怜?哈,哪个晓得她从前是干什么,现在还干什么,这叫人不可貌相,海水不可……说不来了。反正我不会混成她现在这个模样,太伤形象了。”青云在里间哈哈大笑。

安静的雪夜被这样的笑声惊扰了。我走到阳台,望着那些不开花的草发呆。

等我从阳台回到房间,青云已经睡着了。杯子歪歪躺在柜子上,酒瓶站在床跟前。

我整夜失眠。在青云的大房子里翻来覆去睡不着。她的床垫那么软和,枕头发出清新的香水味,可我还是失眠了。

次日,我昏昏沉沉起来准备离开杨家门。青云去楼下买了早餐,硬要我吃完再走。

“你……要给我保密。好不?”送我出门时,青云突然改变了昨夜轻松的样子,很难为情地低头和我说话。

我撑着天堂伞站在雪地里，望着她低下去的半张脸。

“你真的喜欢这种日子吗？”心里清楚这个问题是多余的。

青云猛力点头，抬起眼睛道：“我不喜欢从前的日子。”

她不喜欢从前的日子，我还能让她讨厌现在的日子吗？“每个人都有选择生活的权利。不管她选择的是什么方式。”这些句子临时浮在脑海，不知道在哪本书上看到的。

“好吧。”我望着别处说。

青云没有邀请我下次再去她的住处玩。她也没有跟我说再见。她说“慢走，路上把细（小心）点”。

我住的小区又换了一批新邻居，大多西南口音，照样遭贼，照样骂贼。对面新搬来的女主人是个怪妇，贼偷了她什么东西不会当时骂，要忍到半夜三点左右才开骂。要知道冬天还没过去，雪还下着呢。

我的小房子越来越不安静，整夜有耗子在米柜里翻腾，我差不多可以听见它们的细脚踩在米上的声音。

薯条铺子的老女人依然半拉着卷帘门，不做生意，也不抬头，默默地守着煤炉子取暖。她蹲在那里就要老朽的样子。到了傍晚，她开始做饭了，那个炉子才会被搬到门口站着。炉子里轻轻飘出一些淡灰色的煤烟。

我有好几个时候想冲到老女人的面前，指着她的鼻子说点过分的话，却没有足够的勇气走到那里。

我的脑海总会飘出青云高兴的样子，像烟雾一样的朦胧的样子：她抹了胭脂，像蝴蝶一样住在漂亮的房子里，穿着高跟鞋一摇一晃学电视剧里清宫嫔妃走路——夜晚的灯光下，阳台挂着的秋千绳索上的假花都像是鲜活的，再往屋里看，绵软的席梦思旁边站着一杯迷人的红酒，她的化妆品高贵地卧在一张桌子上，新鲜牛奶不用来喝，用来洁面——“我喜欢这样的日子。”她的两片红唇微微上扬，满意地望着屋子的一切。

连续好几个晚上失眠了。我把这样的罪过归咎到耗子身上。“它偷吃我的口粮，还吵着我休息。”我这样跟自己说。得到这样的理由立刻感到生气——似乎没有这个理由我也可以不生气——于是半夜爬起来，头发散乱，状如女鬼，拿了菜刀守在柜子门前，只等一有响动我就拉开柜门劈死它们。我甚至想好了砍杀时要用的词。

半个月僵持下来，耗子将我打败了。我从左边的楼搬去了右边的楼。那个米柜子我也不要了。“送你们吧。”搬家那天，我大方地对耗子说。可是耗子又从原来的房间搬来我新租的房间。它们根本舍不得我。当我手里没有菜刀时，它们居然优雅地摇着尾巴趴在柜子上看我。

搬家的不止我一个，卖薯条的老女人也搬走了。在一个大雪天，我从邻居那里得知她搬家的消息。她的煤炉子和所有炸薯条的用具全都弄走了，只剩一个黑漆漆的小铺子站在雪地里，雪那么白，薯条铺子那么黑。

我再去杨家门看青云已是过年以后，天气还冷，路人稀少。杨家门还和从前一样热闹。天气虽然不暖和,理发店的店员已经提前过起春天来了。深巷子的歌舞厅门前，柳树随时要吐出新芽的样子。

青云早就不住在原来的地方了。她租住的门前贴了一张冷冰冰的招租广告。我给青云打电话,她的号码已是空号,好像她从来没在这座城市出现过。

为明天的日子

刚坐下没吃几口饭，我那位从小一起长大的好朋友就带着她的“团队”来到城里，她比我大十岁，她今天打扮得和从前一样朴素，穿过席间所有客人，在桌子边扭着屁股走到我身旁。

嗨！她说，今天你参与吗？

我咽下一口饭，心里想：今天是丧宴啊！

你参与吗？她再问。

我睁大眼睛看向她的眼睫毛，她的眼睫毛还是那么长那么好看，在她那双很大的眼睛上面，眼睫毛像一片青草盖在目光之上，我很难拒绝这样充满期待的目光，我说，好的呀！

她很高兴。

可是我心里怕得要死。我像上一次吃酒席那样没有事先准备塑料袋子。但这个话我不能说。她最讨厌像我这样出门吃酒席不拿塑料袋的人。

她知道我没拿塑料袋就会跟我说：你是舍不下面子……你

是故意不拿塑料袋子……你没有过着艰难日子不知道日子难过……我教给你的经验一样也学不会……早知道这样,小时候你被大水险些冲走我就不该伸手将你捞上来……你从来不和我们一路……你打心眼儿里看不起我这样的人!

我不要听她说这些伤心话。这样的话听过三次就够了。即便我可能就是不高兴跟她们这么干，可她是我一起长大的姐姐,不是亲生姐姐,感情却是亲生的。我不要与她分道扬镳。我要铭记她的救命之恩。所以我要说一些连自己也厌烦的鬼话。

今天不知道什么意思,我心里乱成一团。说完"好的呀"这句话,我的碗就有些端不稳了。

她们要干的事情会和之前每一次相同,在场的人都会眼睁睁地,不知道发生什么事情,看着她们将酒席上每一桌的好菜全部倒进塑料袋,然后扬长而去。她们可能连肉汤也不放过,像前几次一样,车屁股流汤滴水而去。

我恐怕得把她们这种行为叫作"工作"才妥当。

那些人不会知道这个工作我的好姐姐已经干了不下十年。她轻车熟路、干净利索,十年如一日,但凡熟人宴请,无论生孩子满月酒,无论婚丧嫁娶,她都会热情参与。吃完再把桌上剩饭剩菜一扫而光,打包带走。宴请的主人谁也不会真正跟她计较。计较也没法追究。

她就是这样过来的。十年。

十年前她一个人,现在她有了一帮队友。队友也就三个人,加她四个人。如果我加入,就是五个人了。

我咽下一口汤。差点儿被烫死。

你吃完了没有？她说。

我急忙站起来。

现在我必须站起来了。一抬眼撞见她目光里有些逼迫的味道。她安排那三个队友继续守着饭桌,一旦那些人吃完就动手装菜。三个队友点头答应,她们身经百战的样子。

我跟着姐姐一路走到房子的巷道深处。再往前就是殡仪馆焚烧尸体的地方,那房子的上空还冒着一缕死者的青烟。我们这次参加的宴席正是因为我们两个共同的亲戚,一位年过七十的老头子两天前死去了,这会儿他的尸体在前方的炉子里焚烧。

我可不要再往前走了。她也不打算往前走。

你没有拿袋子是不是？她问我。

是的。我说。我望着前面房顶上的青烟。

你看房顶干什么？她说。

有烟。我说。

我就知道你和以前没什么变化。她话语中含着怒气。

我俩一来二去说了一百多句,她最后说,我就知道你不清楚日子难过。说完扬长而去。

我一个人站在巷子里。前面房顶上空青烟淡了下去。那个死去的亲戚彻底没有了。

我有点难过(这太难得了,我终于感觉到了一点难过)。于是立马张口喊住已经快要走到巷子尽头看不见背影的姐姐,把她喊停下来。

她又走回我身边,问有什么要说的。

我其实也不知道有什么要说。我只是突然觉得这个死掉的人是我们共同的亲戚,可为什么刚才我和姐姐站在巷子里没有一点伤感?难道这不是一件伤心事吗?姐姐只关心饭桌上那些剩菜剩饭,她跟我聊了一百多句,净是在追问为什么十年过去,我仍然活得像个白痴。

我喊她回来是想说,我总算感觉到一点难过了。今天这场丧事,本来就是为我们共同的亲戚而办的。他在那儿烧成一缕青烟,青烟都淡了,他彻底没有了,我才好不容易尝到一点难过的味道。我想问她有没有难过,哪怕也是短暂的一丁点。

她比先前更疲惫的样子。

她一屁股坐在地上。这是我见她最伤感的一次。我以为伤感终于像一只黑色蚂蚁,从她脚背爬到头顶的山坡,然后从高处一口咬下来,让我这位姐姐的心也痛起来了。

——可她只是瞌睡来了。

我伸手去拽姐姐的衣领。在死者面前睡得像个死者是大不敬。

她眯缝着眼。含糊其词。

由她睡吧。我想。坐下来让她靠在我的肩膀上。这个时候她的眼睫毛离我更近。有人早年跟我说,眼睫毛长的人容易做贼。我眼睫毛也不短。所以长大以后每一天我都保持在正道上行走，保持善良，保持不占人便宜，口袋里钱多的时候会往路边乞丐的碗里放下十块钱。因此，我也总是保持在乞丐与富贵之间。我怕一个人有钱了会做贼，太穷了也会做贼。

姐姐的呼噜声像河水，驮着滚石而去的河水。我稍微动一动肩膀，呼噜声就小一小，但不会消失。她的喉咙松弛得像一根两指宽的皮带，贴在她活命的颈项上。她坐下来比站着更臃肿。整个儿给我的感觉就是：她是个有弹性的人。可以说她活得比我明白和胆大，也可以说她顾不上那些异样的眼光。从她自衣兜里"刺啦"扯出塑料袋那天开始，她就是一个全新的她，谁也别想把往年那个战战兢兢的她再换回来。

往年她很瘦小，年纪也轻，仿佛一直要保持自己的身体只装得下一把月光。自从死了父亲后，委屈就开始像沙子一样把她填满。

那天她死了父亲。她一个人紧紧贴着墙根站着。我也贴着墙根站着。你怕不怕？我这么问的话。不怕，死的是我亲爹。她这么回的话。

我们两个都还是孩子(至少心理上没有长大)，不知道如何招待丧礼上的客人。我们搓着双手仿佛若无其事。客人们挂完礼金就去旁边找熟人聊天。不知道他们为何那么开心：打扑克，打麻将，喝酒聊天说笑话。有一瞬间，我的耳朵一直在关注"一筒、幺鸡、八万"和东西南北风，姐姐也走神了，她眼睛直直的。后来到了饭点，女客们吃完就开始打包桌上的饭菜，她们说这是在她们那个地方流行的，杜绝浪费，吃不完要打包带走。就在我和姐姐面前，表面上交头接耳，热热闹闹，实际上手脚麻利，抢来抢去，恨不得吵起来。后来院子里每张桌上只剩下一大片空碗，还有地上一大堆垃圾。我们两个互相看了又看，以为刚才发生的一切是在梦里。姐姐往前走了一步又退回来，退回来又想走出去，她战战兢兢像只落汤鸡，汗水把整张脸打湿了。我不知道她为何流那么多汗。

她父亲入葬以后过了好几天，她跪在坟头突然说：我感觉那天他们把我爹分吃了。

这个话我本来已经忘记，到现在我跟她坐得近才想起来。

她睡醒了。脑袋从我肩膀上挪开。

起来，我带你跑一圈，练一练精神！她说。说得那么清醒，像是刚刚从深水里游了一趟出来。

我跟在她身后慢慢放开步子。她在前面左摇右晃，一个悲哀的大屁股，腰粗得像箩筐，上半个肚子和下半个肚子是平齐的，要不是胸部外扩挤着两边胳肢窝，可以借此看出来她还有胸，那就根本不知道她还有胸，头上毛发油腻并紧紧贴在头皮上。她跑了一百多米，风吹来吹去，也没吹起她的头发。

你多久没有跑步啦？她问。

很久啦。我回。

你多少斤啦？她问。

一百二十五斤九两。我回。

她在前面哈哈笑了两声。我就知道她要笑。并且她心里恨不得将过去说过的话再来一遍:死要面子。

我就是死要面子。一百二十五斤九两绝不说成一百二十六斤。我这么斤斤计较如何能有出息。她是这么看我的。我知道。

她回头拉着我的袖子,往前狠狠跑出几步。我喊她跑慢点,我们又不是马,灰尘都踩起来了,她不听。

我们跑到殡仪馆外面的山包上。前两日刚刚过完立冬,树木还绿,青草没有发黄,但是天气瞬间就凉了。

她躺在条形石板上,望着天空也望着我。她很平静,这个样子像个要讲故事的老年人。然后她跟我说,并非那些饭菜有什么好,而是她这么去做的时候,觉得心里很畅快。

我想了想,认为是她父亲死的时候,那些人所做的事情给她留下了很重的阴影,毕竟当初我们还是少年,毕竟心里还很空荡,我们长在山区的孩子没有太多经历和见识,我们都很穷,无论谁家办了宴席,都很珍惜桌面上剩下的食物,哪怕剩菜中掺着别人筷子上流下来的口水,哪怕食物已经不干净,我们都不在意。一头猪要喂一年,一只羊牵着跑几片山坡才长大,这样的我们不容许食物被蛮横地无端哄抢。何况那天的宴席并不是高兴的,那天是她父亲的丧礼,她以为所有人都会悲伤得吃不下东西,谁知道他们吃不了还兜着走了。一些伤害轻易就能钻入少年人的心底。这种遭遇使她后来也陷入困境,做梦似的无法走出困境。只有做出和那些人相同的举动,她才能感到一点点畅快。

我现在才明白她为何在父亲丧礼上满头大汗。如果是我,也会是那个样子。就好比轻伤的人容易喊疼掉眼泪,重伤却是哭不出来的。

她从石板上坐起来,望着山包下殡仪馆的丧宴,她的队友已经在“打扫”桌子了。

不要再倒那些东西,姐姐,那些东西吃多了不好。我说。我感觉自己始终压着火气,像什么人掐着我的脖子,虽然很生气却不得不慢慢地将说话的声音从喉咙缝隙里挤出来。我其实想说,我们已经长大了,有些事情忘了算了,反正它已经过去那么远。反正回想起来只让人痛苦。

她这回没有很生气骂我,目光平缓地落在脚前草地上,她说:你没有经历艰难的日子,你不知道日子……

我知道日子难过。

我抢了她的话。心里顿时有火燃烧,我在失去耐心。就像我母亲断定的那样,我是个心肠很硬的人。刚刚我愿意跟她出来跑步,就是想跟她说,过去的事情就算了,总不能翻来覆去就在那件事情里受折磨——哦,同时也折磨别人,人只要肯活着,就该抬起眼睛,哪怕眼睛里填满泪水也要抬起来,只要不低头,总不至于哭得很难看。啊,我说糊涂了!我的意思是,她如今四处搜刮剩菜剩饭的行为比低头哭一场更难看,一些馊了的饭菜她也打包带走,那玩意儿能有什么用?还不如正儿八经找个没人的地方哭一场。我就是这么想的。我跟着她出来跑一趟就是想把心里话说出来。可是一直没有说出来。

现在她又说起明天的日子难过。我就更难过了。我现在就感觉很难过,翻来覆去总是这句话对付我!

该死的!我说。不知道这话怎么就说出来了。

她抬起眼睛,这会儿她的眼睫毛像一把屋檐草,被大风掀翻了贴在上眼皮的陡坡上。她整个人瞬间变得好可怜、好穷的样子。我以为她将低头哭一场。谁知道她哈哈笑了起来。

你感到不耐烦了吗?她说。又说要是放在从前,我这种态度会让她伤心好长一段时间,现在不会了,她觉得人是黑色的,黑色的东西容易沾灰,时间一长就越沾越多,越多越厚,越厚越动弹不得,越是如此,她心里的一些感觉就会变得迟钝,像城墙一样厚的东西把她所有的感受都压得死死的。这样并不是一件坏事。对她来说是一件好事。她不再像从前那样敏锐地时刻感到惶惑不安、伤心和怨恨,不再做噩梦,不会在梦中看到父亲站在一片寸草不生的旱地上,满脸被日光晒得通红,在仿佛经历被大火焚烧的土地上悲伤的模样。虽然,她偶尔觉得浑身沉重,也觉得被时间茧起来,也突然想从自己的茧里钻出来,可这种想法只是一瞬间就淡化了。

我被她的话震住。到此刻似乎才模糊明白,一些人的痛苦会变成硬壳。

我把她扶起来,站在身旁。抻了抻脖子,像鸡啄米一样,想说点什么又说不出,就把所有话吞下去了。

姐姐,我说,我们吃饭去。先前没吃饱。

她好像很高兴我没有说一些安慰的话。伸手就把我的手牵着。是以前把我从激流中捞起来的那只手。右手。不用看就感觉出时间的刀片曾一天天割它,在掌心边缘有刺,在掌心的中间也有刺。我不能低头,我不敢看。它是救我性命的手。它变成这样了。

我们手牵手,仿佛小时候她牵着我在河边的田埂上找鱼腥草,我们一人摘一把过年才开的黄花,然后她摇着花在前面走,我像傻狗一样跟在后面。她在前面边走边跟我说,头一天学校里教了一首诗:春眠不觉晓,处处闻啼鸟……然后她就摔进水田。我拉她出来。那时候她很瘦,人也少年,水田也浅,轻易就能拉她出来。眼下我只是被她拖着走,也像个傻狗,连可以勇敢地"汪汪"叫两声都忘记了,在灰尘堆积生硬的水泥路上,手快被她捏成饼子。

到殡仪馆大门她才放开我的手。她突然说,今天难得高兴,就不要那些剩饭剩菜了。

我们走进吃饭的场地。她在前,我在后,她突然一下刹住脚步,险些被我给撞倒了。

好多人在抢剩饭剩菜,闹哄哄的,有说有笑,就在我们两个的前方。她们都很麻利,一口吹开干瘪的塑料袋,抬起盘子盖下去。她们都很高兴,在桌子间穿来穿去,像蚂蚁,也像蟒蛇。

你不要去。我说。我看见她眼神在发呆。

她推开我,脸上没有笑容,也不愤怒,也不无奈,熟练地从衣兜里掏出一只大号塑料袋,指头在舌尖沾一点口水,搓开塑料袋口，快速向桌子走去。像个灵活的……木偶。

晚间，死者入葬后，最后一顿饭顶着黑夜开始。杀了一只灰山羊。晚饭摆在露天场坝里。

姐姐又来到我身旁。一切像白天的重复，我还端着碗，一块羊肉咬到一半。

你今天真的不参加吗？她说。

她只是习惯性问一问，就像熟人见面好歹打一声招呼，实际上不会有兴趣听我说什么答案。她端着一个喝水用的一次性纸杯(塑料袋肯定是用完了)，拿着一双折成两半的一次性竹筷，伸到我面前的盆中挑拣羊肉。哆哆嗦嗦的，半截竹筷捏在臃肿的手里不太能看见，就看见一个拳头，在菜盆上空晃来晃去。

熟地草的味道

趴在门上就闻到了熟地草的味道,是从门缝冲出来的。同时还有一个孩子的哭声。

我们认识这个孩子。她喊我们姐姐。是我们的邻居。

门从里面闩上了,推不开,谁也无能为力。门顶上有个小窗户,够不着,只能踮起脚尖冲那儿猛喊:

“你会开门吗?你会吗?”

她不会,她只会哭——撕心裂肺,哇哇大叫。

我们终于找到一架破梯子,只有半截,通过它爬到那个门顶上方的窗户绰绰有余。

我们看到她了,小可怜,蜷缩在床前的地上;看到我们堵在门顶的窗户前用两个眼睛关照她,立马就朝我们伸开双手走来了。

“姐姐、姐姐、姐姐……”

她的眼窝让泪珠子给填满了,像两个小小的池塘。

“要抱抱。”她说。

天哪，谁够得着呢！

“要抱抱！”她说。

我们吓坏了，差点儿没从梯子上掉下去。除她之外我们还看见她的妈妈，口吐白沫，盖一床薄棉被，躺在床上已经死掉了。我们两个瘦小的孩子原本一起挤到梯子上方，一并骑在一根梯子的横杆上；刚到窗口那会儿，我们的注意力全在小邻居身上，顾不着看别的。

“你妈妈怎么啦？”我们鼓足勇气问。

“妈妈说，水里有脏东西不能给我喝。”

明白了，她的意思是说，她渴了。之前她妈妈一定当着她的面喝了一碗水——不，是一碗毒药。她死去的妈妈嘴里口吐白沫，一猜即中，我们对这种液体可是非常熟悉的了。反正，我们虽然还小，见识却不小，她妈妈这种死相与上一次另一个孩子的妈妈的死相是一样的。眼前她妈妈就是那个人的样子。完蛋了，我们想，她没有妈妈了。“小可怜的。”我们学着大人们当时对那个死了妈妈的孩子说的话。我们想，这应该是句很好的话，小邻居听了或许就没那么难过了。当时那个孩子只有三岁，他听了大人们安慰的话，很快就不哭了，他高高兴兴地在他妈妈遗体跟前与别的孩子一起捉迷藏呢。我们希望小邻居也能获得平静，如果她愿意的话，跟我们玩一会儿捉迷藏也可以。

“离开床边，站远一点。”我们对小邻居说。

“她妈妈已经死了，我们还让她站远一点？”我们两个突然吵了

起来。很快又和好了,我们聊天:

“你妈妈上回怎么没有死?”

“因为她喝了一口药就停住了。她突然就后悔了。就没有死成。”

“你妈妈上回喝的什么?”

“我妈妈跟你妈妈喝了一样的药,只喝一小口就后悔了。也没有死成。”

“我们的妈妈都想死。”

“是啊,幸好有的妈妈没有死,但是她妈妈真的死了。”

“为什么我们的妈妈都想死呢?她们都说自己过得很苦。苦是什么东西?”

“不知道,反正我们的妈妈都想死。”

我们两个吵了一会儿又聊了一会儿,又互相安慰一会儿。最后我们握着彼此的手,生怕一不小心摔到地面。我们四只眼睛盯着房间,有个瞬间,我俩都感到后背凉飕飕的。

小邻居不知道要说什么了。她只是个三岁不到的孩子,或许我们安慰她“小可怜的”她也听不懂呢。“要抱抱”这三个字她说得最流畅,应该是她最常说的一句话。现在这个时候,她可能更需要说这句话。

可谁顾得上她呢,我们够不着她,门上面的窗户高得像要把我们两个托举在天上。而她,我们的小邻居,无助得像一只毛茸茸的小兔子。她退到她妈妈前一天从山坡上找回来的猪草跟前,就是那种熟地草,软乎乎贴在地面长的一种草,煮熟了可以喂猪,但我俩都不太记得清,到底那玩意儿是不是叫作熟地草。或许我们记错了。它的味道很熟悉,质地我们也熟悉,非常绵软,像云彩从天空掉下来的衣裳,躺在上面睡一觉,没准儿能梦到很多糖果。

我们想让小邻居躺在熟地草上面睡一觉,说不定醒来她妈妈就活了。

前天我们还看到女邻居活生生的。她缺了两颗牙。是她丈夫打掉的。她丈夫说她肚子不争气,不会给他生儿子。他们隔三岔五打架。有时候打得脸都变形了。有一天我们走在路上,看到她垂头丧气,手上搂着一捆柴。前天我们看到她的时候,她脸色还不错,扛着一筐猪草往家走,就是眼前小邻居跟前那堆猪草——熟地草。

"要抱抱。"小邻居又走到门前。从上面看下去,她像在深渊里。光线也越发暗淡了。

一个孩子想救另一个孩子实在太难了,两个孩子想救一个,也难。门从里面闩住,那是抱着必死之心的人早已下定的决心。我们两个只能趴在窗户上,眼睁睁看着一个死了妈妈的小伙伴在暗地里哭叫。她被关起来面对着妈妈从一个活人到一具死尸——不,她被关起来,却不知道妈妈已经是一具死尸。

小邻居的爸爸在外面赌钱。原本我们想找他来帮忙,毕竟被关起来的是他的亲生女儿。但我们猜,他一定是在赌钱,他还有一份在电站发电的工作,可他一定翘班去赌钱了。他的一条腿在他很小的时候就报废了,走路不灵便,走路就像要撬开什么东西,一摇一晃。想要找到他在哪儿赌钱实在太难,他的场子可多着呢。

这个时候大人们都在山坡上干活。村子里的白天几乎没有大人在家。小孩子们像麻雀一样聚在一起,也像麻雀一样说散开就散开。太阳落坡的时候人们才会收工回来。等着瞧吧,晚上他们就要开始哭叫了。总是这样,如果某个白天他们的同伴死去,直到晚上他们才会发觉,晚上哭声就会震天动地——“天哪,天哪,天哪……”

等着瞧吧,他们会像喊号子一样叫起来的。

“姐姐开门,要出去。”小邻居又跟我们说,她抬起脑袋,她又有力气哭了。见我们无能为力,又走到她妈妈跟前,摸着她妈妈的脑袋晃了晃,希望妈妈醒来带她出门。

可是,哦,小可怜的。

我们打不开门。

我们两个坐在梯子上,眼巴巴地看着她晃着她妈妈已经死了的手、眼睛、鼻子、嘴、耳朵,还有头发。

她站到床尾,伸手拉住妈妈的两只脚:走、走……

还能走哪儿去呢,小可怜的。

后来她爬到床上去了,贴在妈妈已经死了的怀抱里,像是真的被搂着一样,贴着妈妈的胸脯,还有头发,还有鼻子、眼睛和嘴,她把眼泪都滴落在妈妈脸上。她伸手把妈妈的嘴擦了擦。“真是个乖宝宝。”——如果她妈妈活着,一定会说这句话。我们曾亲耳听见她妈妈就是这么夸她。

光线暗淡了,天要黑了,天空阴沉沉,突然有点儿想下雨的意思,我们也快骑不住了。屁股疼。

听见对面的山路上有人在赶羊群回家；听见有人在赶牛群回家;听见有人唱着山歌回家;听见——哦,感觉到,有人无声无息踩着寂寞和疲惫回家。空气里都是大人们回家的味道。

女邻居的男人还没有回来,院子里只回来一只狗和一只猫。小邻居靠在妈妈的肩膀上,像是准备好好睡一觉。后来我们就没有听见她的哭声了。她已经睡着了。光线在暗下去,我们只好从梯子上下来,活动活动,让屁股上被压出来的痕迹恢复原样。

空气里是雨水的味道了。

门缝中飘出一阵一阵熟地草的味道，还有小邻居睡着了的小小的呼吸声。希望等一会儿,大人们的哭声不要像雨水一样无休无止,这样的话,她的梦就全部被打湿了。

欧里拉拉

总是从那片高的山尖开始,太阳掀开它的被子。永远被矮山人所喜爱的光芒就从山顶一寸一寸慢慢地滑向谷底。

高山住民早就不怎么稀罕山顶早晨的阳光,在凉山州腹地,有数不清的高原居民长年累月被清晨第一缕阳光晃着眼睛醒来,他们无法再对一天又一天崭新的阳光抱有想象,或者只是懒于想象。崭新的阳光早已住进他们心里,因而总是在山的最高处,不动声色的优秀诗人往往夹杂在他们的羊群之中,披上晨曦站在冷风的山尖上,是个最普通的牧民,他们弹口弦,追着马、牛和羊群——直到他们醒来,直到他们下山到远方写诗为生。

矮山移民大部分从不同的高山搬到山谷居住。极小的一部分是从外省山区搬来。只有山区的人喜欢将自己在不同的山区之间搬来搬去。再大的要求便是居住的海拔高一些或矮一点。

高山住民向往居于矮处。他们将山顶土地承租或者以恰当的方式脱手,再从矮山人那里弄到可以活命的土地——当然,有时候他们也可以用平等交换耕地的方式达成彼此的愿望。矮山人也向往高山的自由。高山人所播种的土豆与矮山完全不同，粉糯，个大并且产量高。高山人腌制的腊肉煮出来一股清香。高山人的荞麦地不播种的时候可以把猪和鸡赶进去，有围栏，家畜永远不会跑丢。高山还可以放牧，大片的松树林中有别的灌木和青草，有开不完的可以喂牛喂羊甚至可以给人吃的野花，有的地段常年不长高树，算得上四季常青的绵延的草地像一场绿色天雨。矮山人会毫不犹豫换了土地去高山体验新的生活。有的人家在高处住了好几代。

高山搬来的人会很快融入矮山居民的生活，子女就近婚嫁，与周边的村民称兄道弟。不过他们并不像原住民那么死气沉沉。矮山居住的好和不好，原住民早就体会够了。

欧里拉拉还带着鲜活的气味儿。他是个清瘦的中年人，声音尖细，却不是女人嗓子眼里出来的那种尖细，是高山男人游牧时放声的爽利音调。他带着家人搬到矮山快五年了。他给我们这些已经习惯矮山生活的青年人带来一股清风。这股清风吹得恰到好处。每日我们醒来，欧里拉拉也醒来，我们是因为他早起才跟着早起。他身上饱满的高山住民的气味儿太好了。

我们的父母不太喜欢这个叫欧里拉拉的新邻居。他喝酒，说脏话，一头梳得干干净净整整齐齐却总是被大风吹得乱七八糟的头发。他狂野的性格，皮肤偏黑，像一匹野马，时不时昼伏夜出，在水电站上班三天两头不见人，骑着摩托车轰隆隆在村子的道路上过来过去。

“鬼样子。”邻居们偷偷说。

我们却知道欧里拉拉是个很不一样的人。对他的了解还称不上完全了解,可基本的眉目是清楚的。他潇洒活跃,说话痛快,终于不是一锅煮熟的水,而是蹦跳在山涧的水。虽然他目不识丁。

不过他不遵守交通规则是我们很烦恼的。但这不是他一个人的毛病。几乎住在山区的所有人都不太注重交通规则。祖辈遗传下来的骑马奔驰的自由还没有在他们身上消失。我们无数次跟欧里拉拉说,如果他这样的人进了城市,驾驶证只够活两个红绿灯。他毫不示弱,说我们这样的毒舌在电视剧里只够活一分零三秒,一出场就死了。

有一年夏天欧里拉拉独自去了远方。他说的“远方”后来我们搞清楚了:山下镇子再往前八十里左右的另一个镇。那个镇与我们的镇没什么两样,生在山沟的夹缝中,一条河挠痒痒似的从它旁边穿过,欧里拉拉就是到了那个小镇一家馆子里喝饱了一顿酒,再骑着他的摩托车回到村里。就是这样。不过,对于欧里拉拉来说,能跨过山下的小镇到别的小镇晃一圈回来也很不容易。毕竟像他说的,一个不识字的人,看什么都靠蒙,上厕所只能看图片标志,下馆子只能看牌匾上的刀叉或筷子,能到别的镇转一圈已经很了不起。

有一年春天欧里拉拉又说要去远方。这回他是亲口跟我们告别,说他至少三年不回家。但他三天就回来了。

又一年,欧里拉拉赌气似的扛着一大包行李走在路上。我们也走在路上。这一次他说的事情很让人动心,让人不管三七二十一将哭哭啼啼前来劝阻的母亲丢在屁股后面。山下通往省城方向的一条独路每逢雨季这里垮那里塌，泥石流像拉稀一样止不住。需要大量人手清理道路，只要有人愿意清理道路，就能拿到一笔不错的工钱。不过，更让人动心的不是工钱，而是我们可以自己组成一队，不用听取别人指令，挣乘客的钱，挣了钱均分。路断以后，客车司机会采取两头接送的方法，这边的人步行通过冲坏的路，到那边乘车继续前往，那边的人也步行通过缺口，到这边乘车继续前行。挣钱的机会就在这个环节。有些冲坏的路即使下车步行也不容易，欧里拉拉看中的就是这一点。乘客们会出钱请人帮忙，无论背还是牵，让他们平安顺利通过缺口就能拿到报酬。欧里拉拉早就打听并且亲眼去看过，以帮助乘客通过公路缺口赚钱的人早就有了，不用去很远的地方就能挣钱，这活凡是有点儿胆量的人都可以干。欧里拉拉终于找到他的用武之地。他发现这个门路的时候高兴昏了，回来跟我们一说，我们也很高兴。那段时间大家缺钱缺得快疯了。

追随欧里拉拉的队伍中好几个都是女孩子，干活不分性别，欧里拉拉说，女人也顶半边天。年轻力足的女子在使用板锄和条锄等工具的时候往往表现得比男子更有天赋，她们灵巧、聪慧、耐心且善解人意，男子们偷懒抽烟的时候会被她们看作理所应该。当然了，欧里拉拉肯带着女孩们一起上路最重要的原因是，她们遇到危险容易放声尖叫，危急时刻完全胜过高音喇叭，身处险境听到一声尖叫，人会条件反射地逃离现场。他这样带着她们，等于带了好几个活体护身符，这个不灵那个灵。

“雨季不是开玩笑的,狗皮穿厚一点。”欧里拉拉交代我们多穿点衣服。像个有经验的老者,到了山下他就这样嘱咐。

有着二百多里长、通往市区的道路果然在雨季隔三岔五就拉稀。我们将行李存放在一处垮塌了两天还没清理出来的道路缺口不远处,在那块小小的场地上,早几天到这里抢修道路的工人已经搭建了简易的窝棚。

不过眼下谁也没法儿抢修道路。陡坡上还在往下排泄泥浆,天空雨水未停,时刻都会遭受更大的雷暴天气,抢修员只能站在安全地带观察,发现危险还要组织人员撤退。

“他们的救星来了, 让他们睁大眼睛好好看看欧里拉拉的表现。”欧里拉拉说。

大大小小的石头从道路上方落下来。近乎笔直的山脉被雾气笼罩,只能看见眼前粗壮的山脚,山顶不见影子,仿佛空气中轻轻哈一口气就能滴水,湿漉漉的灌木丛像吃饱了水的海绵球,随时要掉落般。泥浆水一直冲撞在差不多三十米宽的道路缺口上,顺着陡峭的山体临时冲出的一条“河沟”,整棵树或者断裂的树枝夹杂着破坏草一起滑到路上, 再顺着缺口一跃, 便跳到奔突的激流中去了。道路下方是汇入金沙江的河, 雨季前后水流量不低但水势平缓,到了雨季,水量上涨,水质混浊并扯出湍急的漩涡,滚石在河水里露着肚子,有时候,露着肚子的还有上游冲下来的牛或羊。从市区方向过来的人们只能站在道路远处, 跟镇子方向准备去往市区的人形成对望。谁也没办法跨越。

说不定欧里拉拉是带着我们到这儿当英雄的——哦不，是来当敢死队队员。姑娘们竟然显得比男人们激动。她们不停地问欧里拉拉有没有想好“过河”的办法。不错,眼前被冲开的公路缺口实实在在成了一条脾气暴躁的河流。而且河流的水量什么时候加大或减小只有老天知道。

“我们要帮无法跨越道路缺口的人想办法让他们过去。”姑娘们说。她们说得稀松平常,眼睛也没眨一下,像神仙说话。

这一回公路缺口大得让人吃惊。欧里拉拉说,他也是第一次瞧见这样的缺口,之前他来这儿考察的时候没见过这样糟糕的。所以这会儿他愁眉不展左看右看,摸着下巴,偶尔还会扭头问我们一些无关紧要的屁话。

雨若不停,山水一直不停,泥浆和石头就会一直往下堆积,一大群人抢修也是力薄的,人终归不是大自然的对手。我们已经想好了打退堂鼓的理由:大家都是人,一米多高一百多斤,帮不上忙也情有可原。何况我们的帮忙出于获取酬劳的目的,大不了这个钱不赚了。跟命相比,钱不值一提。

可是那个杀千刀的欧里拉拉不肯撤退。这会儿我们队伍里的人除了姑娘们还对眼前的事情抱有兴趣,男人们早就不耐烦了,集体讨厌欧里拉拉。欧里拉拉钉子一样站在路口等着。他相信雨会停。“没有不停雨的天。你们见过不停雨的天吗？我们来的时候天上下的可不是雨,是太阳！”

然而天上下太阳是在我们来的路上。山区的天气怪起来像闹鬼。两个人站在一个地方，比如说一个站在路上一个站在路下，路上的人头顶下雨，路下的人头顶下太阳。

天上要不要停雨只有老天它妈妈知道了。我们这么想，也这么跟欧里拉拉说。他只深深看我们一眼，像看废物那种眼光。

我们只能听欧里拉拉安排。毕竟他是这个队伍的主心骨。

姑娘们进山林中寻找粗壮的竹子去了。欧里拉拉说，如果没有碗粗的竹子也不打紧，只要能承重，材质坚硬的木材就行，不能太粗也不能太细，把它们绑起来一米左右宽，三十几米长，做成一条长梯子。之后再想办法如何使用。这么宽的缺口想用绳子牵着过河是不行的，唯有梯子能渡难关。

姑娘们手脚麻利，一根一根的竹子从山林中运了出来，也有木材。手工活方面她们永远赶超男人，如何捆绑梯子交给她们尽可放心。她们找的鸡屎藤已经非常牢靠，却更加好运地让她们找到一些用来捆绑烤烟的绳子，用它们穿插捆绑的梯子估计能放到海面上至少抵抗半个小时的风浪。用这样坚固的梯子渡过公路缺口足够了。

难题在于如何让梯子不塌腰。三十几米远的距离，用木材拼接的梯子中间至少要有个支撑点。最好几个壮汉站在水中央，用肩膀托着。可那样实在太冒险，顺着泥浆从山坡滑落的滚石会轻易砸断壮汉们的双脚或腰身，将他们埋葬在浑水之中。

等待是唯一的出路。之前喊着“他们的救星来了”的欧里拉拉早就沉静得像一块古董。夜幕降临后，人们抓紧最后一点微弱天光找到露宿点。他们都是乘车来的,成年人坐在椅子上坚持一个晚上不是问题。孩子们辛苦,整夜地哭,主要是饿哭的。

孩子们的哭声给了欧里拉拉启发。他看到了商机。不过当时他什么话都没说,只突然从羊毛毡上坐起来,像诈尸那样狠狠地吓了我们一跳,我们都半睡半醒,只有河水、滚石和雨水的声音,仿佛人类是不存在的。

第二天雨停了,冲烂的公路缺口水流消退不少,泥浆很厚。公路缺口看上去像一只被野狼啃吃完肚子的羊,空腔里露出乱七八糟的几根骨头。山坡上面没有继续再往下排泄泥浆,山体看起来也稳固了,该塌陷的地段早已塌陷,顺着缺口冲到河流远处。除了胆量足并且不嫌脏的几个人顺着路口滑入深沟一样的缺口底下,踩进泥浆再爬到对岸,其余人还是无法步行通过。来往的乘客大多是在城里生活惯了,穿戴整齐,对脚下的稀泥多少有些厌烦。我们扛着梯子走到缺口上,人们的眼睛都亮了。

欧里拉拉跟他们谈价钱,每个人通行需要三块钱。“看在老天爷的份儿上,”他说,“我们只收三块钱!”

很多人觉得收费太贵。他们抱怨欧里拉拉这样的人就是打着“解决困难”的旗号在这里抢钱。从市区过来的人一直坐到县城车费只要二十元,坐到临近县城——也就是我们附近几个村子所属的镇中心——只要十五元,而镇与镇之间只需要五元,顶多十元。欧里拉拉用一架梯子就要收走他们三元,这实在是太不要脸了。

欧里拉拉最后把价钱放低到一块钱,人们才愿意走上他的梯子。他回头低声骂了一句“×他先人板板”。这句矮山汉人最喜欢说的话,这回算是被他痛快地用上了。欧里拉拉骂完心情舒畅。毕竟哪怕少了两块钱一个人,我们这个队伍好歹也开了张。

我们从缺口忙完以后,每个人都已经看不出原样了。姑娘们也是脏兮兮的。为了在路上行走方便,姑娘们要拆掉梯子,清洗干净并扛到下一站,到了下一站再重新绑起来使用。也只有她们有这样的耐心。也只有她们始终对欧里拉拉的话言听计从。当然啦,在去往下一站之前我们还能再赚一点辛苦钱:帮忙修补道路缺口。

那一年我们一共补了五个缺口。后面的四个缺口没有第一个那么严重。从梯子上经过的人将价格从一块钱砍到了五角钱。欧里拉拉突然来了灵感,到了第三个缺口他突然变了主意,不用梯子,而采用背人过河这套方法。价钱不仅没少,反而多了,背一个人通过缺口需要两块钱。

背人蹚水是缓慢的。天黑也背不完。姑娘们完全帮不上忙。除了做饭似乎真的无事可干。欧里拉拉何其聪明,他不会随便浪费一个人力,他想起了之前被我们打断的好主意。让姑娘们赶车到后面那个镇子批发一些泡面、香肠、饼干之类的零嘴儿,乘客们非常愿意多花一点钱购买食物。购买食物方面他们没有讨价还价的余地。开水是无法提供的,买了泡面的人只能直接掏出面饼咬着吃。欧里拉拉说,每个人的牙齿就是最好的磨盘,慢慢磨去吧,总能磨饱肚子。然后再来诉苦他如何千辛万苦才给他们弄来食品,意思是,可不能挑三拣四。胆子大的乘客还是给欧里拉拉提了小小的要求,希望他在派人进购食品时多一点儿心眼，挑几个识字并且眼力好的姑娘，千万别再买回一堆“烂货”，他们称之为“烂货”的东西的确够烂的。口味简直烂爆了。附近各个镇面上最不缺的就是冒牌货，可悲的在于冒牌货里面许多还是过期的，欧里拉拉也时常看走眼，外表长得一模一样的泡面就有好几种，一恍惚就上当了。

那之后姑娘们可就忙不完了。忙得都快不会笑了。

我们跟着欧里拉拉一直干到那年雨季结束，公路上再也没有缺口。但雨季总是要来。下一年我们又跟着他在公路上忙活。

我们以为在公路上堵缺口，背人过河，兜售杂牌食品，这些事我们可以干一辈子，永远也不必改行。欧里拉拉却悄悄在一年春天、雨季还未来临时离开了村子。

天杀的这个人完全靠不住的！我们团团乱转地打听他的去处，像是被主人丢弃在野地里的小鸡仔，有点儿可怜了。

再也没有欧里拉拉的消息。他的家人说，欧里拉拉去找别的活路了，他不想在公路上晃来晃去，晃来晃去的感觉像只苍蝇，堵这个缺口那个缺口，说那样看上去像个烂货，仿佛泥石流不是冲烂了公路，而是把人给冲烂了。

后来他的家人也搬走了。搬到不知哪一座矮山生活。有人说欧里拉拉在外挣了不少钱，他的家人并非搬去矮山，而是搬进城市，并且不是搬到镇上也不是县城，是一步跨到省城。我们附近的城镇向来就是这样循环：镇上的人向往县城，县城的人向往市区，市区向往省城，省城向往京城。有条件的就这么一路搬啊搬，仿佛升官一样搬,搬到哪儿哪儿,搬到谁也不知道搬到哪儿了。熟人们就是这样失去了他们的熟人,就像我们一觉醒来失去了欧里拉拉。

不过欧里拉拉并没有将他在矮山的房子变卖。他的家人只是锁了门,拖着一些家具坐上一辆大车离开。

最近几年,通往市区的道路重新改建,顺着河道一路往上,之前经常遭受泥石流的地段挖出来一条长长的隧道,不过,下雨之后必须及时观察整修,可那是专业人士的工作了,就算欧里拉拉的队伍再怎么强大,也对付不来这条隧道。欧里拉拉真是一个有远见的人,他似乎能预料我们的赚钱之路早晚会走入窄巷。他倒是提前将自己的人生之路做了改变。

通往市区的道路似乎一直通畅了,除了偶尔在路上遇见几个被雨水冲垮下来的滚石,短暂地堵一会儿车,不再像从前那样一堵就是两三天。公路沿着河沟一路冲到海拔最高的地方,再往下经过无数弯道进入市区。市区坐落在环山盆地上,周围高山将它抱住,一片永远湛蓝的海子像月亮的梦,海子上空的鸟儿在傍晚或清晨,会成群结队飞上高山顶,有时在矮山松木之上鸣叫,仿佛月亮在松木之上鸣叫。

再见到欧里拉拉真让人激动,他又带着家人搬回矮山居住,我们围着他转来转去转了两三天。这气坏了我们的父母,他们说,恐怕我们亲爹出一趟远门回来,我们也未必贴在亲爹脚前叫叫。

听说欧里拉拉遇到了一点困难。他没说什么困难。不过,有什么困难是钱解决不了的?我们就跟欧里拉拉说:“有什么事情是钱解决不了的？”他就狠狠地瞪着我们：“说的是什么草包话！”

“不。我才是草包。”他后来又说。

欧里拉拉的确如人们猜测的那样赚了不少钱。他的几位兄弟近些年发了财，一路飙升，一路从县城搬到省城。他消失的几年正是跟兄弟们一起发财去了。如果欧里拉拉稍微读两年书，他的兄弟们会一直将他从矮山扶到省城。

有一天晚上，雨后，空气湿漉漉的，后来又想下雨，便有雨点从屋檐上空滴落。我们早早进入被窝。可是欧里拉拉声音太大了，他在一户邻居的门口大喊大叫，声音都变了，像一只野鸭子被什么东西撵得团团转。我们只好出门，走到那户人家的路旁，躲在芭蕉树和竹林背后。

欧里拉拉跟一起喝酒的朋友正在吵架——也不是吵，是在高声辩解。边喝酒边喊话边跳脚，我们从未见过他这种癫狂的样子，吓得周围邻居的狗都忍不住叫了几声。

听了半天我们才弄清楚欧里拉拉在网上筹款，他筹款给母亲看病，可他并不缺钱给母亲看病。就是为了这个事情在吵。他在解释自己并不是没有钱给母亲看病。他上当了，他在医院守护母亲的时候被一个女推销员给骗了，反正应该就是个推销员吧，他也认不清但他觉得是，长得十分漂亮的一个年轻的女推销员，他形容了好几次才觉得差不多形容对了，反正就是一个年轻女人，走到他面前笑吟吟的，要给他提供筹款帮助，只要给她身份证银行账号，她就能代他写好所有筹款信息，并且将他筹款的小故事写得动人心魄，一定可以帮他节省看病的钱。能节省为什么不节省呢,他觉得那位推销员姑娘说得有道理。他当时一时糊涂就把身份证号码给她了。后来他就后悔了。他正是因为感觉自己受了蒙骗(虽然不是蒙骗他的钱但至少内心很受伤),才生气地从城市里搬回矮山居住。他觉得外面有许多事情完全不是他想的那么单纯。筹款的信息一出来他第一时间被他的亲人痛骂。要是早知道事情会闹得连村里的朋友都知晓——“啊,”他说,“我不是真心要筹款!”

朋友们鄙视他的眼睛因为醉酒红红的,他们无法接受欧里拉拉的解释,认定了欧里拉拉骨子里就有骗子的潜质,是个品行有问题的人,自己的母亲生病都舍不得花钱,指望一分钱不花就让母亲康复,这太丢人现眼了。作为欧里拉拉的熟人,他们说,他们感觉自己脸上无光,今后也没脸见人。他们又说,真正的穷人就是被欧里拉拉这样的人给坑害了,世事不公,会哭的人总能讨得好处;好心人的感情也是欧里拉拉这样的人给伤透了,利用好人的同情心,骗取他们的钱财只有黑心肠的人才会做。欧里拉拉开了很坏的头。他们就是这么说欧里拉拉。欧里拉拉气得暴跳,他说他心脏病快要气出来了,他摔翻酒瓶,过了好一会儿才勉强将火气压下去,他说,外面很多人早就这么干了,他们有房有车,病了写一段故事就去网上筹款,要说骗子,他们才是骗子,要说坑害穷人,那些人才是罪魁祸首。

“我一时糊涂!”他摸着自己的脑门儿,“我又不识字……我都不知道她写了些什么……酒喝多了,我觉得脑门儿要压死自己!”

“我赌咒。”他又说。继续跳脚，骂脏话，后来就被他喝下的酒醉翻在地。

他的朋友们早就醉得东倒西歪。

我们躲在芭蕉树和竹林背后始终没有露面，束手无策，已经摸不清跟欧里拉拉还算不算朋友，或者欧里拉拉一直以来有没有把我们当成朋友。他回来对谁都冷冷淡淡，每个人都可能加害他似的。也或者是，一个人没法面对自己的时候就更难面对朋友。人与人之间的情谊有时候挺脆弱。每个人只能自己从陷落的泥潭中挣出来。

后来下起了大雨，老天爷可能看不下去了，要让欧里拉拉和所有人都好好清醒清醒。

大雨把我们从芭蕉树和竹林背后赶回家。

穿过雨林

那本来是我出生和长大的房子，现在也只能说，那是我弟弟的房子，他是爸妈唯一的儿子。他的幸运在于，他一生下来就像古代皇帝的儿子可以继承"皇位"，继承那所房子；他的不幸也在于，他除了继承父母留下的锅碗瓢盆似乎没有别的选择。那房子给他安定，也同时成为一种束缚。我经常回到老房子，因为现在，我的爸妈都还活着。我真不应该这样说：他们都还活着。我应该说：他们都健在。可是何必呢，他们总会死去的，就像我的姨妈突然有一天倒下去躺在棺材里，再后来她就躺在殡仪馆的火炉里，再后来，经过殡仪馆的"人生终点站"一条龙服务，开车将她的骨灰盒以及陪葬品送到雨水淋了一夜的土地上，挖坑掩埋，立碑为据，然后他们跟我说："好啦，您的姨妈已经入土为安，到那边享清福去了。"一群人就浩浩荡荡地回到各自家中，去过我们每个人都还健在的日子。我是个悲观主义者，同时又显得有几分无情，这便让我内心更迷乱，尤其在夜晚，月光或暗淡的灯光下，当我深草般的影子垂落在枯燥的大地上,顿觉人生有一万种悲凉是无法言说的。在我偏激的时刻,我甚至觉得,人类不应该有思想,有灵魂,有什么至高的精神追求,如果作为和其他动物一样的肉身存在,人类或许不如就跟别的动物一样,干脆不必思考,这样就不会怀有死的忧伤和生之苦痛。可是别的动物也许比人类更会思考呢。这就更让人失落了。在这样的徘徊不定中,人的内心会逐渐荒废。

当然我内心并没彻底荒废,经历几场亲人离世以后,竟越来越理想主义,相信人死后会在另一边重生。双脚曾经在苦难里走过,它已经留下肌肉记忆,在我不知道如何前行时,双脚会带我去该去的地方。老邻居们总会发现我时不时就出现在回家的路上,他们总会与我在某个路口相遇,或许他们太老了,时间像浪潮一样推他们到路口来的,而我也人至中年,情至深处,像魂魄一样总是出现在故土的道路上。老邻居们年迈的眼神,颤抖而瘦弱的身躯,遇到我的时候,像看他们自己的姑娘一样羡慕地、慈爱地看着我,问我一声:"回家啦?"我需要那种语气和慈爱的眼神,需要他们喉咙里的哽咽,当听到"回家啦"的时候,我和他们心里同时下起一阵山雨,那一刻我像爱父母一样爱他们,他们也像爱自己的女儿一样爱我。我们站在一起又孤单又热闹。从前我们可能都不需要这些情感,也不需要去理解什么是真正的生命的孤独,那时他们还不老,我也还小。

不管以房子的主人还是"过客"的身份,我总要回到山中居住数月。若不是破坏草每到季节开得铺天盖地,使我花粉过敏,中毒而逃，可能还会居住更长时日。

山里的风是从脚下吹到头顶的，这是中年人的感觉，小时候只觉得风从脑门前边吹来，掀开祖先们让男孩子们留在脑袋前面的天菩萨；而我是一个女孩儿，产生于汉族妈妈的肚子，没有天菩萨，没有滚花裙子，只有一小撮我自己留的刘海——相当于天菩萨吧。那时我已经知道爱美了，十岁上下，非常贫穷，可也穷中生智，想到了美的其中一项是从头发开始，想到把刘海烫卷。我就这么干了。用一根蒿枝棍在火苗上烤得烫烫的，然后把刘海卷在棍子上一会儿再放开，若没有烫好就再来一遍——往往再来好几遍。烤到一定程度的蒿枝棍差点儿燃烧起来，我却太需要它更烫一些，也就管不了它黑乎乎的，拿起来就开始卷头发。整个脑门儿都被烤煳的蒿枝棍染黑了。但凡我"烫"了头发的那些时候，走出门去，从青年人到老年人，无一例外，他们都会盯着我看了又看，我还挺高兴的，他们那么看我的时候，我觉得我快要美死了。

我时常回到家里静坐，什么也不干。有时候看着我妈去山中找魔芋，顶着大雨，大雨像天空的长头发，粗粗细细扫荡在村子身上，扫荡在我妈身上。她极少笑，因为她从未快乐过，她的一生都在想着怎么结束自己苦闷的婚姻，逃脱苦闷的日子，因此她的笑容没有丝毫活力，笑起来十分难看。她已经没有长头发了，那些雨就像她的长头发，一茬一茬的大雨般的长头发，悲伤的时候，在空空荡荡的大地上来回飘荡。

有一段时间，我以为我妈不再忍受了。当她有机会跟我住到城里，我能承担起她整个晚年生活的时候，我以为她再也不会考虑回到山上的家中。有一天，她再次与我爸发生争吵，险些打起来，她就是在那个时候给我暗示，她要下狠心离开家，永远跟我去城里生活，她说她再也不回去了。一个傍晚，她把自己日常穿着干活的所有衣服全部扔到了悬崖底——我们的老房子建立在一块巨大的生根石上，开窗就能看到对面的高山，低头可见深深的石崖底部——她把所有东西使劲一扔，有些落到“深渊”里，有些挂在石崖缝隙长出来的野桑树枝条上，我就相信了，她是下决心要跟我去过另一种生活。我给妹妹打了一通电话，告诉她，我们的老妈要撂下眼前的生活，去过她的好日子了。我妹声音激动，“太好啦”，她是这么说的。

这就相当于，我和妹妹亲手操办了一场我妈和我爸的离婚宴席，回城的当天下午就带她下馆子，举杯庆祝她终于……差不多算是……离婚了。“我不知道现在这种做法对不对，但起码应该是，合不来就不要勉强过日子。把日子都过苦了。”我跟她说。“是的，早就应该这样了。”她也说。

我和妹妹给她买了一些首饰、新衣服，甚至她从未使用过的化妆品也买了一套，还有斜挎的手机包。城里老人应该有的，我们都给她备了一套。

可她并不开心，渐渐地，她就更加不开心了。我非常理解这种状态。生活环境的突然转变，尤其当她在城市的道路上总是迷路，认不清这栋楼与那栋楼有什么区别，像个孩子似的，找不到我们租住的房屋时，脸上是尴尬、茫然、忧伤的神色。我已经知道，她永远不可能适应城里的生活,或者说,她已经不能推翻过去那么多的时光中形成的习性,就像我十六岁出了家门,便注定灵魂永远在流浪。她只是没有亲口说出“回家”这个字眼。她想念山上的老房子了,她可以离开我爸爸,但是离不了山区的生活,她脸上每一条被雨水刷出来的皱纹都在告诉我,她对山中事物的眷念;那些受过她无数诅咒的悬崖峭壁,现在成了她怀想的对象,说起某个山上的某一棵魔芋,她那么熟悉,说起村子里的人,她那么高兴。唯一使她不高兴的只有我爸爸一个人,这是她一辈子想逃离的人,可为了这么一个人放弃整个熟悉的生活,她的不甘心就出现在脸上了。可能她太老了,没有可去的地方了,她与城市永远不可能达成和谐,在这些光滑的道路上,她只能是个粗糙的过客;她不能细致地,像城市的一根血管,在早晨和黄昏里跳动,在邛海的水边哼出轻松的曲调。她不会跳广场舞,也不会用手机付款,不懂什么是二维码,不懂进入厕所不仅需要随手关闭隔门还需要随手上闩,甚至不懂搭乘扶手电梯,她不懂的东西太多,多得让她十分沮丧。

我教她用微信,她只学会了一点点儿。后来学会了看快手和抖音,也只懂一点皮毛。更不会网购。在智能时代,她已经感觉到,她只是一颗生锈的古老的铁钉,在哪儿都派不上用场。

她最终又回到了山区的老屋。我只能经常回家看望,毕竟她在哪儿,我的根系就在哪儿。一个年老的人去远方,注定是要回来的;一个年幼的人去远方,才可能在外面长出翅膀。

我们的老房子已经很旧了,如果不是水泥砖结构,而是从前那些土坯房，那么它早就已经开始长草，早就从墙壁的缝隙里钻出一朵一朵的花。在山区，即便再坚硬的房子，经过年年岁岁，墙脚周围迟早有青苔的痕迹，蛇鼠虫蚁更不必说，常常以为这也是它们的家。

老房子门口有一块院坝是根据去除不掉的大石头建造，巨石长成了乌龟形状，直接将水泥沿着石头铺平，铺成一个乌龟壳的样子，人为地给它加固了龟壳，使它更庞大了。因此这块院坝高于房子，每次上上下下都得小心应付，已经有笨拙的胖子在上下途中摔过好几回。

我的写作桌就在乌龟壳上，搬桌子上去实在麻烦，天晴搬出去，下雨搬回来，搬几次就没有耐心。我发明了一个比较适合在山区写作的写字桌，给它命名为“八块砖写字桌”。面朝西北角的雪山之巅“金厂坪子”，背靠东南方向“龙洞河”，至于左右两边，一侧是高山，另一侧是更高的山，每一边的山中哪个地段有多少个被供奉的菩萨，我都能数出来。

我有很多文字是在“八块砖写字桌”上完成的。最初我连“八块砖写字桌”都没有，而是将电脑放在一台置于院坝边缘的废弃洗衣机上工作，那是我从东莞搬回来，我也不知道哪里想不通，要将一台旧洗衣机打包发物流回来，更可笑的，我还将单频的制冷空调搬了回来，最终让它躺在老房子背后的屋檐下淋雨、生锈。我带回来很多在山区用不上的东西，我忘记在老家，用得上的仍然是镰刀、锄头，活的耕牛和马匹。树林中的清风已经够山里人享用，他们不需要空调，他们更喜欢经济实用的电风扇。洗衣机是需要的。可它在我搬回来的途中弄坏了。我对这些搞砸的事情抱着一种固执的信念:一定要它们有用。洗衣机的“有用”就体现在它终于可以给我当桌子了。当然,我也累,它也累。它在院坝里放了好几个月,可以说经历了一个秋天和一个冬天,连卖废铁都赶不上好价钱。我的累在于双肩的不舒服,凳子矮了够不着,凳子高了腰椎受不了,无论哪一个姿势,我的肩膀都要承受更多。后来我终于写出了肩周炎,像我妈一样,脖颈上贴了几片膏药,腰椎上也贴了几片,也不懂膏药是贴一片好还是哪儿痛哪儿都贴上,我哪儿哪儿都贴了一片,绷得像一段藕节,后来差点儿给晕吐了。洗衣机终归是没办法继续用,换成了“命中注定”的八块砖。没想到“八块砖写字桌”就像上天丢给我的礼物,高矮合适,经过风吹雨淋,它带着自然清爽的气味儿,身上有浅绿色青苔,我的电脑摆在它身上,就像置于青苔的眼睛上,每敲下一个字,它们的眼睫毛就跳动一下;我在青苔的眼睫毛上写作,随着它们的气息,像在遥远的雨林中穿行。

我家背后是通往山下的必经之路,逢集之日,高山地区的人就会骑着摩托车从我右手边飞驰而去,有时候驮着怪叫的小猪崽,有时候是雨季天采摘晒干的山珍和稀少的草药,有时候是农作物。左手边是通往另一个村子的山道,放牧的人经常在对面的山坡摇晃牧鞭。我说这些的意思是,我处于生活的寂静和热闹之中,都是恰好的寂静和热闹。

有时候我想定居下来,挨着老房子旁边有一块空地,空地上随便砌了几堵墙,最先用来关鸡和关羊,现在一直用来做猪圈,每年喂养一群小黑猪或者小白猪。我琢磨着,把这片地方修成吊脚楼,底下关猪,楼上关我。后来放弃了。不是我不愿意与猪同楼,是我不太愿意跟亲人住得太近,这话似乎是矛盾的,但事实上,越亲的人越应该保持适当的距离,更何况现如今,我的爸爸妈妈已经没有自己的房子了。我爸和我弟偶尔吵架的时候, 两个人动不动就争地盘,他们会说,这间房子是我修的,你没有权力干涉,那间是我修的,你一个指头也别想碰。他们吵起来的时候就像两个陌生人。我不喜欢这些繁杂琐碎的事,但我又必须接触这些繁杂。人不能离琐碎的事情太远,也不能太近,这就是生活,过于深入感到窘迫,过于疏离又无依无靠。

我过多的时间都耗费在了“八块砖写字桌”前,有时候村里有人经过,会觉得我不是在写作,而是在打游戏。他们希望我还不如打打游戏呢。他们不太理解,一个人一辈子为什么要花费如此多时间在写作上面, 至少成天在那儿蹲着挺苦的, 看着比干农活还枯燥。

由于旁边邻居的房子地基矮, 他们家的青瓦房与我写作的院坝差不多高,甚至他们的房顶还要稍微矮一些,我的写字桌几乎是摆在他们的房顶上,从远处一看,以为我蹲在瓦房顶上写作。天热时,我还架上一把伞,看起来就跟摆地摊一样。可能也看着更可怜吧。

就在去年,我的写字桌没有了。弟弟修建新的猪圈和鸡圈,把它们全部派上了用场。它们被抹上厚厚的水泥浆,包裹起来,站在那儿成了一排墙。我啊,就这么跟它们散伙了。说不上伤感,顶多就是无限的回味,无限的想象:我的文字的一部分,成了坚硬的物件,守护在猪圈鸡圈的门口,回到人世间的草木和烟火之中。

我妈回到山里生活得很习惯, 看得出来, 她脸上很平静和踏实。但是真让人悲伤,她才六十岁,看起来有七十好几了,每天穷疯了似的拼命地干活, 我也写疯了似的总是忍不住写她在雨季要怎么翻山越岭找野生菌卖钱,魔芋成熟的季节找魔芋卖钱,何首乌成熟的季节找何首乌卖钱。她像个地钻子,这里钻那里钻,地球都快被她钻出洞洞眼儿了。我也写成了祥林嫂——"哎,我的妈妈怎么怎么……"

她亲口跟我喊累,说她已经废人一个,一条腿不能正常走路,上坡下坎的时候必须横着身子, 斜斜地跨出一小步才能带动另一条腿,她的一边胳膊抬不起来,她的脖颈后面一大片地方,贴满狗皮膏药。可她不听我的,她宁愿在农村拖着老残腿到处跑,宁愿在某个地坎上摔一跟头半天爬不起来, 也不愿意跟我一起到城里生活。

我妈注定要一辈子生活在山里,她曾眼含热泪诅咒过的生活,现在同样眼含热泪生活在其中。

我生活在城里,有时候觉得自己是城里人,享受干净的街道,享受大商场带来的各种品牌货物,享受园林里规划整齐的花朵;有时候觉得,我体内蕴藏着一双土狗的目光,哀怨、茫然而可怜,总是看到乡下芜杂的草丛。

顽石

那人说山中有顽石,要去找它。他说自己年纪越来越大便越来越喜欢收藏比自己骨头更硬的东西。他是个老人家。在我们想来他可能有七十岁,当然也或者不到这个岁数。那当儿我们正是少年,突然来个外乡人便将对方围起来看。

他喜欢穿敞胸的外衣,这样就可以随时露出一小片灰色内衫。是个讲究的人。是个很瘦的人。是个走路带风的人。是个说话语速不慢的人。

他从哪儿来就没有人多问他了。我们的住地上早已时不时来几个外省人,甚至外国人也来过,从前山村路上只有拖拉机,如今一不小心能看到好几辆高档越野车。

外面来的人多了,本地人自然也觉得自己是见多识广的。在家里就可以见多识广。他们也学外地人戴手链,有香味的木质的,无香味但好看的,大颗大颗珠子那种,以前不戴这种碍事的破玩意儿,以前只戴机械表,也学人玩佛珠,闲时在手里捏来捏去忙时挂脖子上晃来晃去,遇到烦心事就念“阿弥陀佛菩萨保佑”。

往年山中有兰草，我们中的一些人经常手里提着两三株兰草走在山路上,常常互相遇见,灰头土脸,身上都脏,衣服都破烂。那时候外省人喜欢兰草。他们喜欢什么我们就找什么给他们。他们喜欢杜鹃花我们就有意识地将杜鹃花保护起来。他们喜欢兰草我们就满山寻找。我们的草屋门口专门有一小片土地是用来栽种山中寻来的兰草,如果它开出名贵的花那就发财了。

外省人喜欢兰草这样的消息当然不是外省人自己带来，而是本地的能人不知道怎么搞来的消息。往往是从镇上传开的消息。镇上只有一条单独的主路，消息就是从这条主路传到他们那儿再传给我们。主路时时遭遇泥石流滑坡堵截,因此有的时候消息并不十分可靠,先来的消息说要兰草,也许跟着来的“不要兰草”的消息被堵在那一头,等道路通畅再传到我们的耳朵,手里已经准备了很多兰草,但是卖不出去了。

好在外省人喜欢兰草的消息是真的。连续几个月过去,仍然有收兰草的人从山下上来。他们希望从我们这儿能找到那几种最值钱的。可惜兰草真正值钱的那几种就跟传说一样从未有人看见,也或许看见的人都摔断了腿,卖的钱只够他下半辈子养伤。不值钱的到处有。我们指着院子前那一小片土地跟他们说:看吧,全都在那儿了。他们就摇头:不是这种。我们就摇头:那就没有办法了。他们就说:总会撞到大运的。我们就说:哪有什么好运气哇!

我们中那些自诩“命中注定的穷鬼”朋友提下山的总是廉价的

兰草。兰草从不在我们眼中展开它名贵的花。“命中注定的,朋友您说难道不是这样吗?我们都快变成穿山甲了仍然找不来值钱的。也许这儿的山和我们一样穷。”

兰草炒得火热的年头，我们这些找兰草的朋友仍然穿着破裤子在山中游来荡去,每天眼看着不值钱的草,脑子里想的全是值钱的草或者“听说哪个地方有人找到一棵几十万的”。多少年过去了，谁都没有靠着兰草发财。

我们住在山中的人唯一的出路就是给那些喜欢这样那样的人弄一些他们看得上眼的东西换一点过日子的钱。

现在来了个喜欢顽石的。要石头还不简单吗?他要顽石就给他顽石,要沙石就给他沙石。

于是我们问他,您要什么样的石头哇?

顽石。他说。

我们知道,就是那种拿钻子也钻不动的。

没那样简单,还要漂亮。他说。

我们那些当年找兰草的人觉得时机终于又来了，就仿佛在这片总是遭遇干旱的土地上来了一场春雨。这个喜欢顽石的老头子肯定是没有办法自己去找,他必须出大价钱才能得到。

我们给他说,我们能找到他要的石头,山中什么都缺唯独不缺石头。

他就笑了。他说我们找不到,世上不缺石头山中也不缺石头，但唯独缺顽石,他要亲自去找。

什么！

他找到了我们名字倒着写！

我们需要钱……

我们说，我们一定给您找来只是比较辛苦需要不少钱，您准备用多少钱买到这块石头呢？

多少钱都可以，只是你们找不到我要的石头。

他说得那么坚定。

他说得就像那块石头是他丢的。

不，他说得就像那块石头是他的骨头。

我们仍然咬牙立誓：我们能找来，不就是一块好看的又很硬的石头吗！

不单单好看啊，还要是生根石。

生根石？既是生了根的石头那就不属于人类了。我们说。属于老天爷和他的兄弟。我们指一指脚下站着的土地。

老头子大笑说，就是要找这样的石头。他已经在各地找了很多年，找到这把年纪仍然在找，这是他经过的又一座山，他准备要进山去找了。他遇到我们只是随便说说话，并不是需要我们帮他去找这样一块石头。这种石头谁也找不来，谁也找不来符合他要的石头，他要的石头是这样的：再大的压力它都能承受住，就算泥土将它掩盖它还能像树一样长出来，身上有雨水淋湿的痕迹也可以有青苔但不邋遢和粗糙，它要轮廓分明，有的地方像蛋一样圆，有的地方像刀一样锋利，有的地方有小孔子，就像雨水曾经穿透过它，有的地方则是板结的，像度过成年累月的干旱。要是它晚上放在院子里，人坐它旁边看它时，仿佛看到一辈子那么远，也仿佛身在绝壁之下但不觉得一直往深渊里坠落，而人不看它时，它就像生根于人心之中，足够坚硬也足够漂亮，使人光明磊落坦坦荡荡。

神经病。我们想。

书读多了。我们想。

(是他跟我们说的，他读过很多书，在书中知晓大山之中有这样的石头。)

你找到了我们把它吃掉。我们想。

他就自己去山中了。很早以前去的。记不清是哪一年。后来谁也没见过他，别的地方也未听说有这么一号人还在寻找他的顽石。

隐疾

总期盼黑夜来临,这样她就可以照着镜子落泪。不知道她患了什么毛病,但我们也跟着她照着镜子落泪。

有一天我们跟她说,姐姐,你可以出去打工啊,很多人都出去了。

她说不去。

那是个雨天的晚上。

那是个十几岁时候的晚上。

那是个我们喝了许多白酒和啤酒的晚上。

我们坐在马路旁边的棚子下,后来雨停了就到马路上坐着。雨后的冷空气被我们喝下去。旁边的水田里秧苗刚刚栽下去,是我们这位姐姐帮助一起栽下去的,她裤脚上还沾着秧田里带来的泥巴。

你为什么不出去呢?我们说。

出去做什么呢?她说。

就是不知道出去做什么才哭。她说。

出去就知道做什么了,躲在山中肯定不知道做什么。外面的世界很大有很多条路可以走。

不。我们的姐姐一口回绝。她说:你们不要听那些回来的人乱讲,就是因为外面有很多路才不知道要走哪一条,才不能随随便便跑出去。

路多不是更好吗?啊,不对,也许路多并不是一件好事。路多正是无路可走的事。

我们就不劝她了。

我们坐在路旁,这个时候不会有人来打扰我们了。这个时候的村子里老人和小孩子们都睡去了,这个村子属于我们这些自认为已经活了很久很久的少年。

我们坐在路旁,风从鼻孔里灌进去,就好像谁照着鼻子杀了我们一刀,紧接着喷嚏逼得人摇头晃脑,紧接着感到难过,想要谁递给我们一面镜子照着镜子哭,看自己泪水如何从窝洞一样的眼中涌出,看"今天我这个惨样","明天要做什么呢?"——喝多了想起我们的父母,想起他们我们就把眼睛转到对面山上去了。放在平时我们从不看那座山。那是一座风从那儿过一趟都能带来水泥味道的山。我们的父母在那座山上谋生,白天黑夜,极少回到家中,他们在河边或半山腰搭了窝棚累了在那儿休息,以节省更多时间挣钱。他们还不是老人也不再是孩子,他们顶着夜色在我们对面的那座山上背水泥,一袋一百斤的水泥每个人要背至少十包,从早到晚啊从早到晚,累到睡着时就跟死了一样,从山沟里的河边一直背到十五公里左右的半山腰,爬山,一直爬,没有下坡也没有平坦的路,一直往上,就像背着它们去上天,在半山腰准备修一条水沟,将那一面山的水引到另一座山。他们在那儿干着那条水沟的前期工作。我们的山太高了,时不时就会遇到干旱,只有水沟里的水才能给我们带来活路。他们每背一袋水泥到半山腰可以获得一块钱。一块钱可以买两斤酒喝。我们的父母之中有人是喝醉的,酒能让人忘记疲劳,让人模糊前路还有多远、山有多陡险、夜有多黑。他们燃着火把赶路。我们很少时间看见他们回家。他们还是别回来吧,没干完活之前就别再回来,省得偶尔回来一趟差点认不出,整个人从头到脚都是水泥灰,整个人浑身上下没有一点好脾气,他们被生存折磨的痕迹太重,让我们以为他们在那儿不是挣钱而是被水泥重塑了一遍。

真可怜呢。我们说。

可怜谁呢。我们想。

我们就望着天。这时候的天空已经有了几颗星子,这儿的天空就是这样,落雨时就像筛子把雨水漏下,雨停之后也像筛子把星子漏下。在这样的天空下的黑夜中,我们抬起眼睛,就像无数个牛蛙准备开声齐唱,但谁也没有唱。

我们抬着眼睛,早将视线从对面的山上挪开——那座有我们父母的山。我们转望天上的星子。

你还是出去找活儿吧,外面的路你选一条就对了。我们对这位姐姐说。她是我们之中最年长的,她要开好这个头。

她一口拒绝。

路太多了不好选择。她说。

你们就这么想出去吗？她喝了一口酒又说。

想。我们脱口而出。

她轻蔑一笑。她竟然是这样回应我们——轻蔑一笑。似乎我们这句话给她的感觉是：如果我们有一天都跑到外面去，别无他获只会失望。

你们等着瞧吧，她说，她果然和我们想的一样说：你们要是忙忙慌慌的出去了只会感觉自己像这儿逃出去的私生子，孤寂，悲伤，落魄，除了失望什么都没有，你们会长大的，长大了就回来了，会像哈巴狗一样仍然留恋它的旧窝。等着瞧吧，你们会像我的那只小狗，只喜欢转圈圈追自己尾巴。

她就是这么一言断定，好像她现在好几十岁早已看透外面那些路，每一条路她都走过。

这儿好歹是我们的家。她说。

不会的。我们想。我们会在外面重生，对，就是这么个决心和结果，虽然会受很多苦，会在外面流失掉我们最好的青春，也仍然会重生，那只会比现在更好，即使像只哈巴狗留恋自己的旧窝那也和现在这寡淡的、令人可疑的忧伤心情不一样，我们会在那时候更比任何时候更爱这个地方。我们回来是因为我们终于可以爱这个地方了。

我们不听这位姐姐的劝告。她是个患有隐疾的人，平日里不爱说话,不爱笑,或者有时候太爱说话太爱笑,性情不稳,情绪时好时坏,并且一个总是在夜幕降临后偷偷端着镜子哭的人,她的心里肯定住着一个软弱的灰暗的灵魂。

我们轻蔑一笑,对着夜空的星子。

我们扭开视线,不去看对面父母劳作的山。只是风从对面过来,不停捎来水泥的味道,让我们整颗心都是灰的。

这位姐姐第二天就去背水泥了,在那条一直往上爬的、我们看不见的路上讨生活。那儿山林茂密,山石成群,山风穿梭,将那条唯一好走的山路掩盖其中。

我们只有在夜晚才能看见那条上山的路——通过许多只亮着的火把。只是属于比我们年长的姐姐的那只火把,在这边山上无论如何也分辨不出。

谁也没有提议去那边山上看她。她也很少回家。偶尔回来一趟我们也错过与其相见。那山偶尔传来山歌却不是出自她的喉咙,她仿佛要在隐秘的山路上故意躲着我们,将我们遗忘将我们抛开将我们推到远方。我们屏住呼吸,到了夜幕降临的时候就总是这样屏住呼吸坐在路旁,像需要无数雨水和月光来浇透我们。

天知道她能不能背起水泥,在那天晚上我们的醉眼中,她瘦得像天上漏下来的一颗星子。

会变脸的人

那年来了个会变脸的人。是从很远的地方来的。谁也不知道那“很远的地方”是何方。反正他就这么出现在我们面前。

我是个玩绝活的,我有绝招!他说。他一开口就表达他的能力。

他这个爽快劲儿吸引我们整个村子的人，谁都不再关心突然来的这个人是个好人还是骗子,还是偷牛偷鸡偷狗的。我们这儿经常遭贼。

他穿得那么花哨。

你是个玩小把戏的？我们问。

不,不是一般的穿街走巷那种小把戏。我这个是不同的。老天爷爷要看也得排队,并且不是他想看就能看,得先我自己高兴了他才看得到。在我的这份绝活面前,谁都做不了我的主,包括老天爷爷。

那你会什么绝活你快说。

变脸!

变脸？

啊，是个绝活！我们说。

我们这个封闭的村子从未听说还有变脸的把戏。哦不，不是把戏，是绝活！

那你快给我们露一手！我们等不及了，几乎要跳起来催促他。

这下好了，我们这儿总算有点乐趣，总算能像别的地方一样活得有点意思。大人们说。他们也很高兴。

大人们是望着我们说的。似乎他们所有期待其实都是为了我们。为了让我们这一代人活得比他们有意思。不过眼下，他们也能沾着点乐趣，那就更好了啊。

“总算能见着点稀罕玩意儿”的那种眼神就落到那人身上了。

大人们听说外面的人是活得有意思的。尤其是地底下的“扫把人”。传说中地底下也生活着一种人，身高只有扫把那么长，小身板小脑袋，但十分聪明又十分悠闲，更可怕的在于他们有一种天生的能力，可以不用干活而整日生活于舞蹈和歌声中，粮食却来自头顶上空的“雨”，这种雨就是他们的粮食，是他们用了能力获取的，大概就是什么天生的小把戏？也许更高级一点吧。反正就是在我们看不见的地方操控着我们的生活，就是这么轻而易举获得了吃喝玩乐的资本，我们有多辛苦，他们就有多快活。这据说是从前有一个人，无意中在某个山洞中向下一看，看见的真相。他回来将一切告诉族人之后实在气不过眼见之事，就只好气死了。

那些下到地底下的粮食都是真真切切的粮食，什么玉米啦，谷穗啦，土豆啦，花生和各种蔬果之类，反正应有尽有，哪怕他们需要我们这儿的一条什么虫子或飞鸟，只要他们想要就一定少不了。就是这样，所有东西都是从我们这个层面下去的。我们这个层面歉收的作物全部落到他们那儿去了。在我们眼中，还不会觉得那些东西是被攫取。

事实上，我们以为遭了虫害的，早衰的，莫名凋落的，或者风霜雨雪摧残的，都其实只不过是障眼法，只不过他们那儿需要下一场雨。这些人就是在地底下躲着享受我们提供的悠闲时光。昼闲夜闲，歌舞升平。谁也找不到他们，从未见到过，仿佛不存在，大人们动了狠心要用锄头将他们挖出来，可仅仅将土地翻得更蓬松，更让庄稼生得好而已。

大人们只是知道有这样一群扫把人存在。我们也只听说有这样一群扫把人存在。任谁也没见过。任谁去找那个当初看得见真相的洞口，也找不见了。

父母让我们不要随便往山洞里去，据说运气不好的孩子会被潜伏于山洞中的扫把人扔到地底下，成为他们的人，在那片土地上住满三天就会成为他们那样的身高，那样的心性，拥有那样的能力，忘却从什么地方来、拥有哪些亲人，他会里里外外变得和扫把人一样。这是我们父母最担心的，他们害怕我们成为扫把人，将来反过来剥削他们。

现在我们终于可以过一过这种悠闲的日子了。大人们说。

是啊是啊。我们也很高兴。

我们就等着他变脸。我们这儿所有大人小孩都来齐了，都笑着，都期盼着，都盯着他的一张脸——你倒是快变呀！

好嘞。他说。

可都看好了哇！他说。

我先变一张马脸，再变一张猴脸，最后变一张狗脸。他说。

我们眼都不敢眨一下盯着他的脸。

他变出一张狗脸，变出一张猴脸，变出一张马脸。

错了错了！我们喊。

啊啊，顺序错了！他也喊。

他喊完就扭身走了。

明天再来！他走时丢下这句话。

第二天晚上他又来了。继续表演他的绝活。

他变出一张猴脸，变出一张狗脸，变出一张马脸。

错了错了！我们喊。

啊啊，乱了乱了！他也喊。

明天再来！他又说。又扭身走了。

第三天晚上他又来。这回信心十足。

我变个小矮人的脸！他说。

(有人也将“扫把人”称为“小矮人”。)

我们的父母简直喧哗了，按捺不住了，激动而怀着仇恨。

你快变他出来！他们吼道。

看我不撕碎它！他们吼道。

我们也很激动，但不仇恨。不知仇恨为何物。就像我们父母训我们的话一样：长大了才知道厉害，现在这种小狗一样的年纪吃屎也不知道臭，舔屁股还觉得欢乐呢！

我们很激动很期待。

求你快变出来！我们催促道。

那人向前走一步，伸出左手往脸上一抹，啊哈哈，脸不见了！

他的脸居然不见了！

谁也没看清他怎么把脸丢掉的。

谁都好奇怎么人可以把脸随便丢掉。

我们转着圈找他的脸，前后左右，没有他的脸。

谁他妈看得见脸算他狠！那人说。只听其声不见其脸。就这么有头无脸的站在我们跟前。我们伸手要去找他的脸，看看脸在何处，他一闪身就跑开了。脸却始终不知藏于何处。

他就这么变出一张谁也看不见的脸。他跟我们骄傲地正正经经地说：

这就是小矮人的脸。

这才是他的绝活。我们想。

谁他妈看得见？我们的父母反驳说。

难道扫把人不要脸吗？他们就是这种……这种脸吗？我们的父母惊讶地说。像是自言自语了，像是互相问询了，谁也没注意那人在干什么，随他干什么吧！把那人晾在一边。我们的父母说着说着就开始议论。

就是这种脸。那人说。他说得很大声。

那你如何知道是这种脸？大人们问。

因我的师父的师父的师父，再往上一直追上去，追到你们说的那个人身上为止，那个在山洞看见一切的人就是我的祖师爷！我怎么不知道呢！我什么都知道！

我们再仔细瞧他，他的脸又回来了。刚才他低头打了个喷嚏，那脸就回来了。我们没看见脸如何回来。

那人走了。

那人走了不再回来。

好几天好几天，好几年好几年，我们都长大了，从期盼他来到恨他不来，到记不清他来没来过，他都不再来了。

有人说他被哪儿的人抓住关起来了。说他卖假的狗皮膏药。谁知道他如何要改行卖膏药。他这样的人卖膏药有什么意思呢？他不是那个人的徒孙辈吗？

啊，也许他根本没有改行，只不过人们需要一个理由将他捉住。谁知道那儿是不是有人天生就有做扫把人的梦想，他们不惧怕远走他乡藏于暗地，更无所谓剥削自己的亲人，轻易过上那好的日子，脸算什么东西。

啊，也许他是个骗子！

啊，也许他只是像个骗子。

他开车回来过年

他是因为过年才回来,平时见不着人影。

这次回来他开了一辆黑色小轿车。

他对黑色是有追求的,他曾跟我们说,有人告诉他黑色显低调也显高贵,如果再搭配太阳眼镜坐在驾驶室那就更有气势了。

他就这么有气势地回来了。虽然我们都知道他穷得像狗。是他那个老实巴交的老母亲告诉我们,她的这个儿子在外面二十多年,没有一年是好好寄钱回家,都是时而他有急需,让家中远远给他凑钱捎去,时而他在干什么大事,需要一笔不小的资助。他到底有什么真正用途她就摸不清原因了,他只告诉她,他是真的有急需,没有急需难道会开这个口吗？他是这么跟她说的:“一家人就要互相帮衬。我将来混得好了,拖带着你们离开那个山坡坡,总有你们好过的日子。”

她听到“总有好过的日子”就压不住心中想象,仿佛看到那种好日子正在涌来。她觉得儿子跟她说的话很有道理:“做什么都是要投资的。”

她十分清楚这个儿子很好面子，但这不是他的缺点，她说，这不是他的错。虽然儿子小学成绩差到险些毕不了业，可做母亲的始终相信好面子的人多半能混出个样子。他跟她说，人必须要打扮一下，不要整天搞得像一个土鳖。她就很佩服儿子能有这样的见解。是她跟我们说的，这个儿子从小就能说会道，穿得也整整齐齐。

她不希望自己的儿子是个土鳖。

我们对他是有深深印象的。从外表看去，他喜欢穿西装打领带，有香水就一定喷点儿香水，头发梳得油光水滑，嘴甜，会说许多好听话，给人“上进青年”的感受，并认定他是个说一不二、办事牢靠的人。从实际来看就不行了，花言巧语借钱，想方设法不还(有可能远走他乡，插翅而飞)，更有一次，他把我们之中谁的姑姑的一条鱼的钱给拐走了。那人至今对他意见挺大。事情是这样被讲述的：

这个骗子——他是这么喊他——有一天早上，姑姑见他要去集上赶早市，便请他捎带一条鱼回来，他笑容满面，满口答应，伸手接了五十块钱，可早市赶完回来，他竟两手空空二话没说，从姑姑的门口就走过去了。姑姑诧异半天，竟也忘了问她的鱼。事后再问，这人竟大惊失色，万分奇怪地反问：会有这样的事？他不记得有这样的事。姑姑摇头而返，她也实在想不通，活了半辈子才见世上竟有他妈的这种人，穿得像个骚包，暗地里拐一条鱼的钱！

姑姑骂骂咧咧，事后她从震惊中醒来更越想越生气，不是生气鱼钱多，而是鱼钱这么少他也看得上。她生气这个。

他倒是无所谓，反正“没有这样的事”。

可他现在开着小轿车回来了。是个晴天的下午，他把车子开得很慢很慢，路边每个人都看见他坐在驾驶室，戴着太阳眼镜。

坐在驾驶室还戴太阳眼镜干什么，我们就不知道了。现在是冬天，冬天的阳光温暖。

不管怎么说，他开小轿车回来过年仍是一件大事。在我们这个区域，有一辆摩托车算家境平常，有两辆摩托车算家境不错，如果有摩托外加小轿车，那算小康生活。

他反正是这么有气势地回来了。开的确实是一辆黑色小轿车，至于什么牌子的车那就只有鬼知道，我们根本认不得什么奔驰宝马，我们只认颜色，黑色的车、白色的车、红色的车、绿色的车，颜色也只认得主色，稍微一混色就完蛋，认它不得了！

我们站在路边，我们听说他回来了就早早等在路边。

他开到我们跟前时突然开得很快。没有很慢很慢那种情况。也没有跟我们打招呼。好歹我们是一起长大的人，他没有理睬，反正就这么过去了，丢我们在路边吃他车子扬起来的灰尘。

后来他就西装革履出现在我们朋友的婚礼上。他敬酒，他彬彬有礼，他很符合一个有小轿车的人才有的修养。他说话一套一套，比方这样说，俄罗斯人卖套娃，而他此刻就像个卖套话的，他一套一套的话就在我们的亲人朋友间卖弄，生意还挺好，人们看样子也买账。

他等着瞧吧！我们想。

回头就有人骂他是个傻×！等着瞧吧！我们想。

我们坐在婚礼酒桌的最边缘,这儿无人招呼我们,所有人都在他那边听新闻。他的车子就停在路边,听说他很赶时间,要不是来参加朋友的婚礼他根本抽不出时间回来闲耍。

他大酒一喝,嘴巴也就有些晕了,头晕加上嘴晕,就容易说一些晕话,他说他要在岭南最旺的那座城市买房子,在看房子了,等看好了就给钱。人们一阵羡慕说,那儿的房子好贵啊,你这几年混得不错呀，你爹妈可算是有福气了，生了你这么一个有出息的儿子,听说那地方一套房子要二百多万,怎么买得起?他笑笑说,其实也不算贵,毕竟是个经济旺盛的地区。

人们就更羡慕他了。他又举酒与人干杯。

喝完一顿酒,他就请朋友帮他把车子开出山去。他就走了。始终不来与我们招呼。就像要脱去他从前的身份一样要脱去与我们的旧情,他把我们脱在这儿了。

他前脚刚走,哈哈哈,我们料得不错,那些人看着他的车子背影指指点点说:

一个烂人还回来装×,你听他说那些×话,他还以为我们不知道他的情况吧!

听说车子是租来的,从昆明租,开几百里到这儿就为了给我们看。

是啊,为了面子!

听说他租车子的钱和加油的钱还是问他妈要的。

是啊，狗改不了吃屎！

我们从酒宴中悄悄退出，尾随着他的车子走了一阵，见他的车子开下山去，像一颗黑色的甲壳虫，像一个深深的滚动在血液中的瘤子，在弯弯拐拐的山路上，下山去。突然有点儿伤心。就算他开了车子回来也仍然是个烂人。一辆小轿车根本拯救不了什么。

他在外面死撑，我们都知道。

他不甘心回来，因为他要面子。要人人知道他是有出息的，他混得如鱼得水，他从不骗谁的钱，从不偷谁的东西，就像他母亲说的那样，是个能混出样子的人。这些我们都能想象到。

我们站在山梁上，有点儿闷，脑海里浮现出他西装革履、努力穿出他想象中上流社会高雅人士的样子，可他不知道，在我们眼中(相信在其他人眼中也一样)，他这个样子怎么看都是个卖保险或做传销的。他确实卖过保险，也干过传销，还挎着包兜售过什么打火机之类。

至于现在他到底干什么工作只有天知道。

冬天的风吹透我们的衣裳，我们站在山梁上，看他的车子在弯道上越跑越远，像风吹着去的。

有一天我们看到有人发了一张关于他的图片：穿着白色大褂，戴着听诊器，头发梳得整整齐齐，戴灰色边框眼镜，嘴巴微笑，坐在一张小桌子跟前，桌上放着血压计和什么膏药，旁边竖着这款膏药的广告，什么腰肌劳损，肩椎疼痛，祖传秘方，历经百年。

桥头

我们觉得吴叔叔可以把声音再放大一点，镇上唯一的一家KTV里——其实也可以叫音乐茶座或者烧烤店，但分开叫不符合实际，就干脆合起来统称为“音乐茶座烧烤店”，这是我们私底下这么喊的。来这儿消遣的都是山上的几个青年，老年人也在，他们老的喝茶吃东西，小的吃东西唱歌，把这家好不容易在外面流行到这儿的KTV搞得烟雾缭绕满屋子麻辣味。我们当然就是吃烧烤啦。“小孩子唱什么歌！鬼叫鬼叫的！”他们就是这么跟我们说的。那些大人。然后他们自己鬼叫鬼叫……

好像说远了。再说回来。

我们觉得吴叔叔可以把声音放大一点，这家音乐茶座烧烤店里，也只有像吴叔叔这样的人能有资格放开嗓门唱歌。

吴叔叔小声小声的。不过他情绪很浓，摇头摇头，身体晃晃悠悠。

我们当然不知道他那时候——就是他唱歌的时候嘛——毒瘾

犯了。他低着头。

吴叔叔长得有多帅呢？就是他低着头我们只看到小半张侧脸也会惊叹。

要是我们不喊他吴叔叔就好了,或者他不是我们朋友的哥哥,我们就会对他说点儿见外的话——啊哈,老吴,我中意你!

可他对我们这些十三四岁的小姑娘来说,有点老。而且我们也没太大把握能勇敢将“我中意你”说给他听。

他都三十六七八岁了,没有留胡子,瘦瘦的,干干净净,穿着白衬衫。他套上黑色皮鞋走在镇上的桥头,被他踩着的石头都会……不觉得痛。他就是这么一个好看的人。

他唱歌的那天之后,我们就没有见到吴叔叔了。其实他唱完那首歌我们就没再见到他。

吴叔叔是中途离场的。那当时我们正在准备跳一段不太熟悉的登山舞,吴叔叔就对我们说,他要出去一下,他看起来样子挺惨,脸色……形容不出来,非常难看,不,是非常愤怒。搞不清他为何突然生气了。不过也不要紧,反正大多时候他都这个样子,仅有少部分时间突然像撞了什么大运,变得像个话痨,有说有笑。

我们在KTV里等了很久不见他回来。我们就不等了。

后来,过了小半个月时间,有人告诉我们,那个烂人终于把自己弄死了,沾了那种东西的人哪里还有救,早晚是要死在那上面。

他们说的那个烂人就是吴叔叔。

我们不知道他为何要吸毒。他那么好看,是老天爷用心捏出来的人,他的父母也很优秀,他们在城里有工作,有一所很大的房子。他是在无忧无虑的条件下长大的人。

只是他不快乐。他的朋友说,他就是一个时刻觉得自己很孤独的人。有一段时间他留了长长的头发,想辞了工作去当流浪汉,父母担心他要毁了自己便为他求了一门婚,那姑娘非常漂亮,与他完全相配,只差一个月,如果他不死的话,只差一个月他就可以当新郎了。

可是他把自己手臂上狠狠扎了三针, 死在远地方某个城市租来的一间旅馆里。

那是冰毒。三针。"三针他就把自己送回他姥姥家了!"大人们是这样说的。

我们不懂冰毒是什么, 也不知道这种东西为何能流传到山旮旯儿,但我们对这种东西特别恐惧和厌恶,它带走了我们原本要对他说"我中意你"的人,他长得那么好看,虽然他三十六七八岁了,我们仍然对他怀有好感。

吴叔叔的母亲租了车子,她去将儿子运回来安葬。那天我们都在桥头音乐茶座门口,天上下着雨,刚唱完一首"信天游"出来看看雨停了没有,就是这样才看见他母亲坐在车子里,一边捶胸口一边哭。车子回来再经过桥头的时候,我们却下意识往屋里躲了躲。

我们害怕他。因为他已经死了嘛。

但其实我们也不那么害怕他。只是觉得心中特别难过。只是不知如何面对他那突然的死亡。

后来我们就不去桥头唱歌了,那个音乐茶座没多久就关了门。在别的路口倒是多了好几家音乐茶座烧烤店。只是再也不会有个姓吴的帅气十足的三十六七八岁男人走进去亮嗓子。我们也从未去过。我们总觉得自己在桥头丢失了什么东西。

菜市场门口

落日的光照在他肩膀上，我们在旁边看着他肩上扛着的麻袋，觉得那里面应该装有黄金，如果可能的话，他也是这么想的。

他往地上吐口水，把掐灭的烟屁股扔到地面。

他往前方菜市场去，这个时候来这儿买菜的大多是俭省的老人家。而他还不算太老呢。不过也差不多啦，我们偷看他几眼，发觉他门牙的右侧是空缺的。这种样子即使不老也不显年轻。

他是收破烂的。二十年前我们还是小孩的时候他就收破烂。他把手扶拖拉机嘎嗒嘎嗒开进我们村，那时村子刚刚通了公路，他算是第一个开车到这儿“做生意”的人，我们的父母都喊他“老板”，老板你好啊，老板你又赚了大钱了啊！他们就是这么称赞他的。那时候他年轻，藏不住脸上的骄傲，他在路口停下来蹲在一棵树下，又站起来双手撑着腰杆，的确有几分老板模样，盯着人家房前屋后，看有没有他需要的东西，什么破纸箱子，酒瓶子，废铜烂铁，一小捆铁丝也行。他就是这么瞅着那些后屋檐，他的样子才会这么深地印在我们脑海。

事实上,我们印象深刻的是他的拖拉机,只要他进村我们就有了一个大号的“玩具”,他多久离去,我们多久从他的车厢里出来,整个童年感觉最快乐的事情,就是在他用来装破烂的车厢里做游戏。现在他已经老了二十岁。我们遇见他的这天下午,落日照在他肩上的下午,他也用那双搜寻废弃之物的眼睛搜寻着什么,在菜档底下,在菜档表面的木板上,最后的视线才落到菜档摊主身上。

可有不要的烂菜叶?他是这么问那些人的。那些人正在收拾摊子。这个时间人们已经准备回家做晚饭了。

就要收摊啦?他又问。

我们从后面就能看见他挤到耳根子的笑脸。

那些人只是笑,然后随意指一指,他就朝所指的方向去。

那些人好像忍不下去了,扯开嗓门对他说,你就花钱买一点好菜吃吃嘛,你这么俭省做什么?

他就说,我捡去喂猪,是喂猪的。

他放下那条刚刚被金色阳光晒过的口袋,它是空的,因为他走路一抖一抖才会让我们以为也许里面装了一点东西,其实什么也没有,是空的。他放下空口袋,弯腰钻进菜摊底下捡烂菜叶。

很快那只口袋就满了。他动作麻利,三两下将口袋塞满。

我们一直站在菜市场门口的路上,他出来正好撞见。他装作不认识。我们就干脆把他堵住了。

还开你的蹦蹦车啊?你不是说,挣够了小钱就做大生意啊?我们说。

不是蹦蹦车,是手扶拖拉机。他纠正。

世上哪有那么好做的生意。他说。

你们不是出去闯荡吗?干了什么大事回来?他说。

我们不吭声。

然后他跟我们一本正经说了两个字:让开。

他这个人只会说这两个字。他可能觉得世上最过分的话就是“让开”。二十年前他就是这么跟我们说的。不过他也不是那么好欺负，我们要求他开车送我们去学校时，他也要在口舌上占一点便宜，比如突然停下车子对我们说，要送你们也行，张口喊我三声“爹”就送你们去学校,还买好吃的给你们。“他妈的。”我们是这么凶他的。那时候我们已经学会大人口里所有骂人的话。之后我们对他说,你喊我们爹,我们给你买吃的。

他还真就喊了。我们只好从他的车子上下来。

现在我们又堵住他的路。

喊我三声……

他话没说完我们立刻缩回脚,让他过去。

这个游戏太老套,老得生锈。

他肩上扛着我们以为的黄金,走路一抖一抖,把鼓鼓囊囊的口袋摔进手扶拖拉机车厢,和那些废品一并拉走了。

他回头跟我们笑了一下。我们也急忙张嘴笑。

我们曾经在他的车厢里玩耍。我们曾经跟他说,要走出这个地方去遥远的城市过风光的日子。他曾经跟我们的父母说，要挣小钱攒起来做大生意。天知道为何要让我们遇见，看到彼此过得这么……一样。

我们站在菜市场门口，落日彻底从山头掉下之后，觉得身上被风吹得好冷。

卖泡泡的女人

你到了小镇上就会看见那个女人了，不论从上桥头还是下桥头，只要走到镇中间那条路口往里拐，就进入菜市场，就看见那个女人了。

我不乱说，我指的路肯定不会错。

上个月的头一天我还去那儿买了一卷纸、一根拖把和一个盆子。我是那个时候将她认出来的。

没错，她现在生意干得很大，像我们父母预言的那样："她眼睛毒，能干大事。"她现在干的也算大事。整个菜市场她的店面最宽敞，位置最好，里面杂货最多，购物的人最多。

往前二十年我还得喊她一声"师母"。没错，她是我们小学老师的夫人。

但那天我喊她老板。就是上个月的头一天。

她还是那张面孔，不哭不笑，比教书先生都严肃。

可有什么办法呢，她总有吸引我们注意的能力。早在二十年前她就开始做生意了。那时候在她说来就是小生意,在我们,简直要命了,她专门卖那种能把我们的魂吸引出来的零嘴儿,我们称之为“泡泡”。每次老远路过她的摊子,她就招手——不,招魂——喊我们:想吃吗?想吃就买呀,没钱去问你们妈妈要钱啊。

我们妈妈说了,要钱没有,要命一条,实在要钱,把她卖了换!

我们的妈妈凶起来像只老虎,说起狠话像个壮士,我们哪敢卖妈。

我们只好站在她看不到的地方偷看泡泡,看一眼就仿佛吃到一口。整个小学时期,日子过得真煎熬。当然,也只有我们几个少数的同学日子煎熬。我们的同学中总有阔的。他们可以每天买一根泡泡,分成三段放书包,早一段午一段晚一段,嘴巴一咬动,感觉整个教室都是香的,他们的每一天都在泡泡的香味里。

那个女人给阔的同学带来了美好的味道,给我们带来的净是折磨和考验,好几个晚上我们都商量好了,没有钱买就去偷吧,去偷她的泡泡,反正吃到肚子里谁也发觉不了。可是谁都不敢去。但有一天她说丢了泡泡,丢了一大捆。第二天摆摊的时候她对每一个路过的人说,她丢了泡泡,丢了一大捆,一定是平时围着她转的那几个贼娃子干的。

围着她转的几个,就是我们。我们买不起泡泡。

我们听到之后立刻就脸红了,虽然没有偷她的泡泡,但确实有过偷泡泡的想法。就在过去的几天时间里,我们密谋要去偷她的东西。

往后的学期里,我们再也不敢靠近那个女人。事实上,她也在防备我们，再也没有招手喊我们买东西。我们的好朋友阿月说，她一定是看出来我们买不起，她知道我们是一群穷鬼。

阿月觉得好难过，夜间她做梦都在逃跑。她说，那个女人追着她骂。

后来我们就知道了，也不知道是怎么知道的，反正那泡泡确实是阿月瞒着我们一个人进了那个女人的寝室，也就是我们老师的寝室，天黑尽了，四周无人，瞅着那两口子去别的老师那儿闲聊，阿月就私自下手了。她一个人居然可以吃掉一大捆泡泡。

上个月的头一天，我恰好走进那个女人的店里买东西，我跟她说完话才认出她。我对她说，老板，这个怎么卖？刚说完就看出来了，她就是那个女人，那个长达好几年时间一直把我们当贼一样防着的女人。

我该喊她一声师母。没有喊得出来。

老板，多少钱？我对她说。

我发觉她有点迟钝，也或者是懒散吧，半天才抬起头盯我一眼说，十块钱。

我给她钱的时候突然问她，你是某某老师家的吧？我想确定她是不是忘记了我们。她没忘记。天哪，她一直都没有忘记，就像我心里一直抱着一块无辜的石头。

她说，她老早一眼就认出我。

你如果到了镇区，拐个弯进了菜市场，就去买那个女人的东西吧，毕竟我的朋友曾经确实一个人干掉了她的一大捆泡泡。

我的右脚不得力

那个走路一瘸一瘸的人说他的右脚不得力，我们就信了他的话。比如哪里需要修水渠或者养护公路，必须众人出一份义务工，他的脚就格外不好使，可怜巴巴走到工地上，指着脚踝上那个鼓起来的大包说，看吧，就是这么遭罪，它可害了我一辈子啊！然后那些人就信了。不，不是那些人信，是我们的父亲首先表示了同情，那些分配义务劳动的人就更加信服和同情他。他们跟他说，你回家去吧，你不用干活了。那个人就抖抖衣服，一跳一跳从石旮旯回家去。

我们非常羡慕那个人，我们都爱喊他"那个人"，虽然他一遍一遍跟我们说，我们应该喊他"瘸子"，就像那些大人一样扯着嗓门——嗨，瘸子、瘸子！

那个人就住在我们村子，在公路坎上修了三间瓦房，有个差不多算得上院墙的泥巴圈子，我们和狗经常去他的院子里做游戏。他有个小小的姑娘跟我们年岁相当，还有个更小的姑娘刚刚学会说话。他不常在家。他好赌。似乎坏运都长在他的右脚踝上，手运挺好，赌博常赢。

看吧，老天爷是公平的。他跟我们说。他是数着钱跟我们说的。我们年纪还小，还不懂羡慕他数钱的乐趣。我们只是张着嘴巴，对他笑笑，对他的钱笑笑。

“傻蛋子。”他说我们。

后来他就不在我们面前数钱了。他离了一个老婆，死了一个老婆，再续娶的老婆也死了，更小的姑娘不知道什么缘故掉进河里淹死之后，他在拼命四处托人再娶一个老婆。他带回来一个女人，过了几天又送走或者女人自己走掉，反反复复带了好几个女人回来，每一个女人进门他都让大女儿喊她们妈妈，她的女儿喊这个两天妈那个两天妈，没有一个妈能定下来长住，她就不喊了。他就生气了。他是非常生气的。他看见我们坐在院子里看他那落魄的样子时，恨不得将我们掐死。一定恨不得将我们掐死。

那些带回来的女人当中有做妓女的。这是我们村那些妇人偷偷说的。听到这个消息的我们当时还急忙跑去看，还真就看见那个女人了，她长得还可以吧，只能说还凑合。那个人却是非常高兴，我们很想不通他为何如此开心，前一个月他可是哭得很凶呢！前一个月是他娶的第三个老婆喝了毒药死去，他可是非常伤心难过，满脸哭得脏兮兮，在守着她的尸体焚烧的山坡上，他一个人昏天暗地地哭，哭得差点晕过去。我们的婶子都说他假情假意，是他的赌博让那个女人伤心透了，加上他非要生个儿子，天天吵架，时不时打她，他的右脚非常得力，据说一个绊脚就将她撂倒了，她的门牙就是这么磕掉的,是这种矛盾积累才使得年轻女人寻了短见,可是我们很相信他的真心呀,我们看见他哭的时候眼泪都跟着流出来。谁知道一个月之后他就这么开心呢!我们站在他的院子里,骑着狗,偷偷瞪着他的背影。

啊,对了,前一个月,就在他老婆死去没几天,他那更小的姑娘也死了,这个小姑娘是他刚死去的老婆亲生的,现在她们母女先后死去令他非常伤心。“我倒了大霉了!”他红着眼睛跟我们说。他在河边将小女儿的尸体焚烧。他亲手从河水的石缝中把她捞起来,然后放在河滩的柴火上焚烧。当时他哭到恨不得去死。作为一个父亲,他那天晚上一个人蹲在水边沙滩上,水很冷,风很凉,我们虽然没有目睹他的背影,但想象得出那可怜的模样。那时候我们也跟着伤心了好久。我们并不相信那些妇人的话,她们说他故意要害死那个孩子,天上下着那么大的雨,河水上涨的季节,怎么能让一个刚学会走路和说话不久的孩子去河边玩呢?她一个人怎么会去河边玩呢?她不过三岁,从家里到河边要走一条差不多六百米七弯八拐的小路,路两边全是庄稼,路中间花花草草,她的小脚怎么下得去呢?天上下着雨,河水上涨了,她一个人去河边干什么呢?她们就是这么互相说道,说到我们耳朵里来,我们仍然不相信那个人会亲手害了自己的女儿。难道他会真的如她们猜测的,为了再娶个小老婆生个小儿子,就要减掉一个活生生的小女儿吗?她可是活生生的呀!

现在我们十分讨厌他的背影了。那条不知道是不是真的不得力的右脚，在配合着左脚出出进进，在为他新领回来的女人献殷勤。

好讨嫌。我们说。我们把狗故意放进他的厨房,吃脏他要给那个女人送去的薄饼。

当然了,现在事情都过去好多年了,现在我们都长成大人了。那个人也不再住在村子里。他是前几个月或者去年离开这儿的,也许前年。

他没有和那个妓女结婚,另外花钱娶了一个。花钱娶回的女人给他生了两个儿子,一个病恹恹的死了,一个病恹恹的。

我们还记得他抱着那个病恹恹死去的孩子在街上走来走去,孩子还有一口气的时候,他就抱着孩子去旁边的店里讨水,他跟店主说,有没有水啊?请你给我一小杯水吧,他一定是渴了。孩子躺在他的怀里,嘴唇起皮,睡了好久好久的样子,他是双手捧着儿子的,因为他的儿子刚生下来不足一百天,脸上的胎毛还没有褪尽。他就一边观察着儿子的脸一边跟店主要水。

后来,他抱着这个喝不下一滴水,已经死去的孩子回家了。他一个人抱去山上埋葬。他的哭声像打雷。

后来他又生了一个儿子,就是那个病恹恹的,他非常害怕,四处求医,总算救下来了。那病恹恹的儿子好不容易花钱治好以后,他病了。肺结核。这是他带着老婆儿子离开村子十年以后我们才知道的,被送回我们县城的医院隔离医治,我们才知道。

“大病！”那些人这么形容。

“报应来了！他死去的老婆和女儿寻仇来了！”村里的妇人这么怨恨的时候，我们就更加相信他得了大病。

我们有点激动，有点期待，想知道他现在什么个样子。

可他悄悄走掉了。

有人说他是去找他的老婆儿子，他根本就没有病，这种人怎么会有病呢？这种人有病也是心里有病，一定是犯了什么大事才故意装病跑回来，就像他从前总把“我的右脚不得力”挂在嘴边，那些人就是这么肯定，因为那个人曾经无数次在他们面前表示，这辈子一定要出去干大事，说不定大事做成坏事才回来躲避。

“让他得大病！”有人说。

“让他遭报应！”有人说。

你们不懂

我们都知道那个人藏在山沟里,他不会回来的。他的妻子哭哭啼啼在收拾行李准备离开。永远离开。我们站在这个女人面前,看她一件一件数落他的薄情,然后一件一件把自己的旧衣裳装到箱子里,她站在窗口,晚上的月亮在窗口上空明晃晃照在她青白的脸上,她瘦得很,手指像水,衣服像她的手卷起来的波浪,当她“啪嗒”丢一件旧衣裳进箱子,就好像水浪冲击在岩石上那冰冷的清响。

你们要记住,她说,嫁人不要挑相貌,要挑良心。

我们点头。

可是良心又不长在脸上。她强调。

你们要记住,长得好看说话甜蜜的人不要相信。她说。

我们点头。

这个晚上我们就是来这儿点头的。在村子里住了这么久,她今天晚上要离开了,应该要得到一大帮人的相送和倾听。以往我们都是跟那个人比较熟悉,与她少有往来。

那个人。就是她的丈夫。

我们都知道他把白色小轿车开到山沟的破路上停住，然后钻进黑漆漆的树林中躲起来了。今天晚上他不适宜露面,不适宜在这么好的月光下送走自己相处近二十年的妻子。

他要娶小老婆了。她说。她后来才忍无可忍说的。我们还不知道他是因为要娶小老婆才跟她分手呢。我们以为,他只是嫌弃她不识字。“一个不识字的女人！”他以往在我们耳根子前就是这么抱怨。嫌弃她不识字,不识字的人不解风情。他需要风情。

可是快二十年了。能不能早一点去寻找他的风情呢？非要耽误一个女人最珍贵的青春吗？我们不懂。他也是这么跟我们说的:“你们不懂。”就在前两天,我们和他见面闲聊的时候他抱怨日子不能忍受了,再也不能忍受。今天晚上应该就是他忍受的极限。现在他的女人就在我们眼前收拾东西。

你不要哭了。我们说。我们不敢劝她:你还年轻。

挂在她头顶的那颗灯泡又瞎了。这是一颗老掉牙的灯泡,不是现在时兴的节能灯。在它的肚子里装着一圈细丝,虽然她不识字但懂得修灯泡,将脱落的丝线重新搭上,让它发出昏黄的光。她是个节俭的女人。

灯瞎了。我们说。她只是愣了一下,没有立刻将它取下来。

灯瞎了。我们又提醒她。

是我瞎了。她说。

她的话像一瓢冷水。

你不要想太多,也许明天他就后悔了,他就知道你最好。

她想了一下,摇摇头说:你们不懂。

我们懂,怎么不懂呢?我们急忙咬着牙,生怕这句话说得太草率而不够表达决心。

她想笑又笑不出来,她说,男人的悔过就像他们的胡子一样,一茬一茬长起来,一茬一茬剃干净,根本不会让这种悔过成为负担。你们等着瞧吧,他很快就会把他的新老婆带回来的。

我们说不会的,他不会这么快。

她不吭声。泪痕还没有消退的脸上扬起一阵笑容。然后她就走了。顶着白晃晃的月光。

那个人在好几天以后才重新回到村子里,他假装自己刚刚回来。我们都知道他曾藏在山沟的树林中目睹妻子离开,没有相送,甚至托人带个话都没有。

后来他就把他的新老婆领回来了。

再后来,他就把她领到县城里,买了大房子一起住着。

再后来,大约新婚两年,他有一天回村子里走亲戚,满脸的黑斑,精神疲惫,下巴上胡子刮得干干净净。我们都懒得跟他说话了,反正说什么他都只会扔给我们四个字:你们不懂。

我们和阿甲

大雨过后山林像水洗一样绿。这说的是夏季。在我们这个地方夏天比春天更让人期待,夏天开花的植物多,云朵肥大,山风清凉。

有人整个夏天都骑着摩托车在公路上兜风。这说的是青年人。

现在不一样了,现在六十岁的人也在公路上兜风。

阿甲恐怕也快五十岁了。我们都跟他说,你现在不去干活的话到了六十岁只能喝西北风。他不愿意听这样的话,他粗着嗓子说:我有更好的打算。

他这是在说鬼话了,这话说了不下二十年。二十年前我们还是少年,眼下我们都比那时候大了二十岁他还在坚持这种鬼话。

“这可不是鬼扯。”阿甲仍然坚持他的说法。他说他是有想法的人,整个村子他扫一眼就知道谁的脑子活络谁的脑子僵化。很显然这儿没有脑子活络的人,包括我们,虽然年轻但也没什么用。“没啥大用!”他是这么断定的。他告诉我们他在等待时机,像他这么聪明的人不会白白浪费心思,必须等待好的机遇,就好比钓鱼,往石头上一坐就是从早到晚，这种功夫是聪明人应该有的，他又不是莽夫。等时机成熟会干一番事业给我们看。“看着吧,我会让你们惊掉大牙的！”他这种语气真是骄傲得要死。

有一天我们看见他和老婆吵嘴，他仰着脖子对她吼:“我可不是吃闲饭的人！”

我们一边看一边往后站。他老婆手里的斧头好吓人。

他说自己不吃闲饭有什么用?他老婆说他不吃闲饭才行。我们的耳朵都被吵聋了。而且我们也确实看到那倒霉妇人将自己吃得胖胖的,“我要是瘦一点根本没有办法抡起斧头！”她从前是这么和我们解释她发胖的原因。

我们相信她的话。她家的斧头是她亲自打磨的,如果她不动手劈柴,阿甲是完全靠不住的。

阿甲这样的人适合干什么,我们也摸不准。倒是他老婆一口咬定他适合当二流子。“二流子去哪儿了？看见我家那个二流子男人了吗？”这是她遇见村里人问的话。

她是个纯朴的女人，地里和家里的活儿一人负担，她跟我们说,她上辈子一定是杀了阿甲,她熟练地比画着手里的斧头:是这样的,大卸八块！这样她才落下罪过来还债。每次她一抱怨完就仿佛找到了自己劳苦的原因,淡淡地扛着锄头去干活。她看上去比阿甲老十岁。我们都知道她其实很关心阿甲,她是永远不可能用斧头对付阿甲,只是我们害怕得要死,见她劈柴就躲得远远的。

谁也不敢当着阿甲的面喊他二流子。毕竟他上了一定的岁数,毕竟在我们这个村，像他一样经常拖着自己的屁股东跑西跑十天半月不在家的人多了去。

只是他不应该总是拿那句话跟我们吹牛——“我有自己的打算！”

那时候我们倒是相信他。曾经许多个晚上，我们跟着这位大了许多岁的“老哥哥”，听他跟我们讲县城里的稀罕事。那时候公路还没有修好，出山需要一路趴着跪着摔着出去，也顶多去到小镇上买个什么东西，再摔着跪着趴着回来。那时候的阿甲就对我们说，他总有一天会踩着县城大路出去见世面，外面的世界都是神仙居住，他要去当神仙，要在那些神仙的关注下干一番事业。像我们这个村子他已经住够了，这个锅底大的地方能成什么大事，大事在这儿会被石头卡坏的，他住得心里发毛，每当睡梦中忽然想起还身在村子中就立刻吓醒。他再也不要待在这个鬼地方。

“鬼地方！”这三个字我们现在想起来还觉得耳疼。他差不多是对着我们耳朵吼的。

后来他就结婚了。到了我们现在这个年岁的时候他“突突突”生了三个孩子。最小的孩子如今也上小学。他每日扛着烟杆吧嗒吧嗒抽一管旱烟，再骑着车子在公路上跑一趟。

“这个人算是废了。”我们几个一起长大的人互相说。但是我们当中也有一两个不齐心的人，他们觉得阿甲不出山是对的，他们说，一个人能一直骑着摩托车在故乡的公路上跑来跑去是幸福的。

幸福个鬼。我们说。

我们觉得一个人一直骑着摩托车在故乡的公路上跑来跑去是不幸的。这跟饿慌了的土狗没有区别。

当然啦,阿甲看上去也没有我们说的这么惨,他脸上没有土狗那种悲伤,他每次骑着车子在我们眼前飘过脸上都蛮喜庆的。

阿甲有一次跟我们说,外面的世界就是县城放大了的样子,看多了你们就知道。听他这话的意思,好像曾经偷偷出去过,只是回来对外面的世界只字不提。"人是可怜的。"他这么说的时候脸上很悲伤。他觉得世界就是个鸡蛋,不,是被人改造过的鸡蛋壳,圆的,乳白的,脆弱的,一头大一点一头小一点而已的。

我们也很悲伤。如果世界是个蛋,那走在路上的人还当什么神仙,每一步都得注意脚下,身心都要保持平衡,来一场大风就全都毁了。

整个少年期,我们都很担忧也很期待,我们决定去闯一闯阿甲不愿去闯的世界,直到我们真的去了那些地方,真正懂得和理解阿甲所说的"鸡蛋壳"的奥秘,也哗啦哗啦跑回山里,几乎是别人觉得我们在外面混得很好的时候突然跑回来。土狗就是土狗,土狗离不了它的土窝,我们给那些人的感觉就是这样。刚回来的七八天那些人还抱着期待,问我们有什么打算,就像我们曾经担心阿甲老了会不会喝西北风。后来他们就不这么问了,我们住在村子里已经很长一段时间,脸上有了与他们一样的晒斑,脚上套一双十五块钱的军绿色胶鞋，他们看我们的眼神里也涌现出我们曾经看阿甲的那种神色——这个人算是废了。

阿甲现在很愿意跟我们说话了。不过他也只是偶尔有机会跟我们说话。他住在县城。那应该就是他曾经所说的"更好的打算"。

县城模仿外面那些地方的样子建了高楼,建了度假区,建了公园,建了越来越多洋气的玩意儿。在县城农贸市场买根葱,老农民也会递一张二维码,问付现金还是扫码。

有一天,阿甲和我们在公路上相遇。"没啥意思,"阿甲停下摩托车,张口就跟我们说,"买只鸡都是饲料喂出来的,没啥意思。"

他话刚说完,我们点头点得跟猪吃食一样欢快。

"我也不是说吃鸡的事情。我说的是别的,懂吗?别的东西。我在县城过不惯。不是我以前想象的那种样子了。"阿甲说。

我们赶紧抢了话,是的是的,我们说,说句不要脸的话,我们就是为了能吃到纯正的食物才跑回来的。

"不是你们说的这个意思。我说的不是吃的东西。"阿甲对我们的理解力感到失望,视线扭到别处,想骑车走。

"我们懂啊。"我们又着急点头,伸手抓住他的车子。我们想表示他在县城的这种"住不惯"和我们在遥远的地方那种住不惯是一样的。我们这样的人精神上都有土狗的特质,忧伤、敏感、念旧,看上去不成大器,故土就像屁股上的尾巴。

阿甲看出我们想表达的意思,又坐下来和我们说了很多话。

之后,我们经常在路上遇见阿甲,尤其山里夏季百花齐放,雨水一来,山风清凉,在公路上必定见到阿甲。

后记

后来,你就渐渐忘记自己当初离开故乡的目的。

后来,你总是一次一次返乡,仿佛要重新踩进当初离乡时的脚印窝,而风吹日晒,生活的盐飘到天上成为白云,你的脚印窝被土地吸收,以愈合它的伤口。

你什么都找不到了。你只剩理想。

你在这样空茫的时刻内心往往扑满大雪;你越荒芜,灵魂越破碎,你越破碎,越靠近内心的枯井,你侧耳倾听,在那一眼枯竭的井中所流淌的,净是你过去所经之事的声响——而这种声响,正是那些被土地吸收掉的你的脚印窝的回音,它们带着你的遭际,重新以破碎的方式,回来了。

你记下了它们,你的身份有了改变,人们有时喊你作家,有时轻视你,觉得作家都是有毛病的人。你很难得到理解,你只能偶尔得到同类的爱惜,你在这条路上和那些跟你相似的灵魂,最终成为了最破碎也最完美的理想主义者。你有时候会很开心,你的情感丰富,生活并不麻木,你可以抱着一根树干大哭,你甚至可以理解一颗蚂蚁内心的焦虑,于是你最终觉得,经过一场泪水和情感的消化,生活似乎还可以继续,便成为了一个深情而勇敢的人。

可日子并不真正快乐,你知道在你内心的枯井中,塞满了生活的碎叶。

你开始每个黄昏仰望高山顶上的浮云,那是你从前也喜欢看的。

你每个夜晚都在茂盛的梦中与旧的人事相逢,醒来一片荒凉。

你每个清晨坐在露水里,像承受了整夜风寒的鸟。

你开始不断去记录,去表达,去开怀回想,在你生命的花枝上,你想让自己变成一颗红彤彤的、圆满的果实。

你最终以理想主义者之心,递交了一本名叫《理想主义者》的书,你最后平静下来,坐在了空寂的乡野路旁。

2022年1月30日　写于故乡